闻一多诗选

闻一多◎著　顾豫葭◎选编

名师批注　无障碍阅读　有声伴读　原创手绘

北方妇女儿童出版社

图书在版编目（CIP）数据

闻一多诗选 / 闻一多著；顾豫葭选编. -- 长春：北方妇女儿童出版社，2021.1

（悦享丛书）

ISBN 978-7-5585-5253-3

Ⅰ. ①闻… Ⅱ. ①闻… ②顾… Ⅲ. ①诗集—中国—现代 Ⅳ. ①I226

中国版本图书馆CIP数据核字(2021)第005226号

闻一多诗选

WENYIDUO SHIXUAN

出 版 人 师晓晖

责任编辑 王丹丹

装帧设计 旧雨出版

开　　本 787 mm × 1092 mm 1/16

印　　张 13

字　　数 275千字

版　　次 2021年1月第1版

印　　次 2023年1月第1次印刷

印　　刷 北京市兴怀印刷厂

出　　版 北方妇女儿童出版社

发　　行 北方妇女儿童出版社

地　　址 长春市福祉大路5788号

电　　话 总编办：0431-81629600

定　　价 39.80元

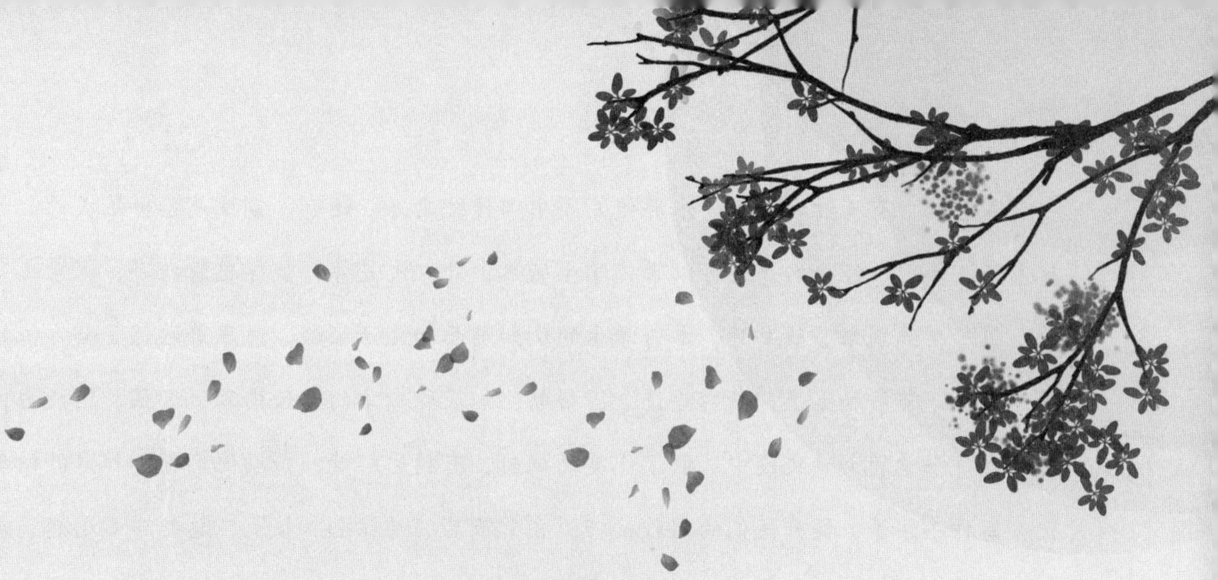

前言

Preface

德国诗人歌德说过：“读一本好书，就等于和一位高尚的人对话。”阅读中外文学名著，简直就是在和一位位文学大师对话。他们创作的名著，纵贯古今，横跨中外，大浪淘沙，沙里淘金，成为全人类共同的宝贵财富。

名著是历史的回音壁，是自然的旅行册。它可以拉近古今的距离：我们阅读名著可以探访在时间长河中和我们擦肩而过的人，看看他们怎样面对生活。它可以缩短地域间的距离：我们阅读名著便可足不出户而卧游千山万水，体察各地的风土人情。

名著是全人类智慧的结晶，那里面充满了智者的箴言。谁读了《论语》《老子》，不觉得是大师们站在人类思想的巅峰上，为我们播撒智慧的种子？我们阅读他们的书，就是站在巨人的肩膀上俯瞰世界。

名著是人类感情的储藏室，是传承文明的火炬手。它们展示着人类审视、确认、表现自身情感的过程，表现出一种摆脱生活的琐杂而趋向美与高尚的努力，其深厚的底蕴总是能够在我们的生活中唤起这种寓于诗意的情怀，因而具有永恒的魅力。

名著是真、善、美的化身，是人类生活中难得的一片净土。大师们在炼狱中心灵首先得到了净化，他们的作品无处不放射着高尚的光辉。在紧张而浮躁的社会中，我们的心灵有时会由于四处奔波而疲惫，由于过于好斗而阴暗，这时阅读名著绝对能使我们变得宁静而高尚，在阅读的过程中抚慰心灵的创痕，涤荡心灵的浮尘。

本套丛书有《红楼梦》《水浒传》等中国传统名著，还有《钢铁是怎样炼成的》《格林童话》等国外经典名著。可以带领学生领略中外人文差异，徜徉思想之海，探索文字奥秘。编者在编制本套丛书时，本着学生的认知层面和生活经验，对原著进行了全方位的解读。每一章节前加上了“精彩导读”，帮助他们获取本章的大致内容，增强总结能力；同时，在每一章的大量文段中选取了优美的词句，有精彩解读，帮助他们理解作者的情感变化、写作手法等，提升他们的写作技巧；在章节后有“精彩点拨”，总结中心思想，剖析艺术手法，加深他们的阅读印象；还有“阅读积累”，拓展了他们的知识层面。

相信广大学子们读完这套为他们精心打造的丛书后一定能开阔眼界，增加智慧，健全人格，铸就人生的新境界！

编　者

学问速递

作者素描

闻一多，原名闻家骅，字友三。1899 年 11 月 24 日生于湖北省浠水县下巴河的一个书香门第。13 岁时考取北京清华学校。此期间，他的诗词才华逐渐展现，相继发表了诗、赋，并担任《清华周刊》《新华学报》的编辑和校内编辑部的负责人。1919 年五四运动爆发后，闻一多投身于校园运动的洪流当中，他积极书写诗词、发表演说，并作为清华学生代表前往上海参加学生联合会成立大会。1922 年他赴美国留学，先后在芝加哥美术学院、科罗拉多大学和纽约艺术学院学习，在专攻美术且成绩突出的同时，怀着极大兴趣专研诗歌、发表诗评，并在国内出版了第一本诗集《红烛》。1925 年，闻一多回国后任北京艺术专科学校教务长，并担任《晨报》副刊《诗镌》的编辑工作。此后，他相继在南京第四中山大学、武汉大学、青岛大学等校任教。1928 年 1 月，闻一多出版第二本诗集《死水》。1932 年秋，闻一多回到母校——清华大学任中国文学系教授，从事中国古典文学的研究。抗战爆发后，清华、北大、南开三所大学迁往湖南组成国立长沙临时大学，他又到临大任教。1938 年 2 月，闻一多参加临大学生“湘黔滇旅行团”，历时两个多月，徒步 3500 华里，期间采集民谣、民歌，创造出许多描绘祖国壮丽山河风景的作品。临大迁到昆明后改为西南联合大学，闻一多任教授。

闻一多积极参与社会政治活动，争取民主自由。1946 年 7 月 15 日，闻一多在悼念李公朴先生的大会上发表了著名的《最后一次讲演》，于当天下午被国民党特务暗杀。

内容精讲

闻一多开创了诗的新格律之先河，并形成了自己独具风格的诗和散文的语言。他是中国最早提出要进行新诗格律的人，提出诗人要敢于和善于“戴着镣铐跳舞”，并认为应该对新诗的语言、形式、音韵、节奏进行研究，相对于“自由”必须给以必要的“限制”。除了新诗，闻一多还致力于古典文学的研究，并开创了国学研究的新境界。关于他的诗歌等文学创作内容，我们可以从以下四个方面来进行概括分析。

一、情感表达

闻一多作为五四时期白话诗人或经典的浪漫主义诗人，往往将诗歌作为宣传的号角，夸大了诗歌的功用，一反传统诗歌对人类普遍情感的表达而崇尚个性。闻一多在内容的选择上，注重原始母题的演绎，如生与死、爱与愁、信仰与理想、悲悯与愤懑等。在情感上，注重传达人类最为普遍的感情，如乡情、爱情、友情、离情、亲情等等。从闻一多的诗作中，读者一方面听到了时代的呐喊，另一方面也感受到了来自个人心灵的吟哦。

二、生命意识

闻一多认为，生命是一个从生到死的过程。生与死都是人的生命的组成部分。要认识人生，不仅要面对生，而且要面对死。死是必然的，生是有限的，故需要每一个人对人生、生命进行积极筹划。他从生命哲学的角度对“生死”进行解读：死与生都是生命的本质，两者交融在一起，死是生的动力，生是死的结束，生与死互为始终。所以死亡是生命的一种特殊状态，也可以说它是新生命诞生时必然要经历的“奠基礼”。在他这里，死亡不再是一个悲剧，而更像一个新的开始。他把死看作生命中一个必经的阶段，并且生命会因此而达到一种完满的状态。他的这种观点异于中国传统的生死观，超越了一直以来人们叹息生命，忧思生死的范畴，更多的是一种自在、自为的色彩。这种生命观贯穿了他的一生，在他的诗作、研究和人生经历中都有深刻的反映。

三、孤独意识

婚姻与留学生活不尽人意，给闻一多带来的是深沉的孤独之生命体验。他的许多诗作就是以此为题材和主题。有一部分诗就是对个人孤独感的直接描写。如赴美留学途中所写的《孤雁》中，他称自己是“孤寂的流浪者”“可怜的孤魂”。这个不幸失群、思乡难耐的“孤雁”，在无垠、广袤的空间中找寻适合自己的“归宿”。可是，“到底要往那里去”？这实质上是诗人自己孤独、迷茫的内心写照；还有一部分诗是以孤独者形象出现的，以“游子”身份抒发对祖国的依恋之情。如《我是一个流囚》中，塑造了抒情主人公“我”—— 一个失去家园的“流囚”，这个“流囚”的内心中充满了孤独和痛苦。留学于美国的闻一多，如同诗中那个不幸被赶出“幸福底朱扉”的“流囚”，失去了自己的“文化家园”，成为漂泊、流离失所的边缘人、无根者。那种脱离文化母体后所造成的极度困惑、迷茫、孤独，在这里得到生动呈现。

四、童趣意识

闻一多不仅具有人们所熟知的关心时事、富有正义感的一面，他还藏有一颗未泯的童心。在艺术创作中，他时常以孩童般好奇、独特的眼光打量生活中的事物。因此，他的很多诗作都流露着生机勃勃的童趣，透过这些充满童趣的意象，人们能从中感受到诗人孩童般天真浪漫的想象。比如“太阳”是闻一多诗歌中常见的意象。在中国古典诗学中，“太阳”普遍是温暖、希望、光明或高尚人格的象征。然而在他的诗中，“太阳”蕴含着别样的意味。如《朝日》《太阳吟》《你看》三首诗中，“太阳”富有创意，分别被想象成“主人翁”“神速的金乌”“眠后的春蚕”，充满着无限的童趣。这三者在本体与喻体之间，读者很难找到恰当、贴切的连接点。这种比喻既非形似，也非神似，但是运用到整个诗境中又显得一分和谐。这是闻一多摆脱成年定型地思维习惯，以孩童般天真浪漫的幻想进行大胆创造的结果。

经典书评

闻一多是在近现代中西文化大交汇、大碰撞中成长起来的，是一位学贯中西、博古通今的大家。他是一个诗人却走出了书斋，走出了象牙塔，走到了前沿阵地，最后为民主英勇献身，倒在了白色恐怖的血泊当中。他是一个敢于出门不带钥匙，出了门就没想再回家来的英勇斗士，他是一个直面黑暗的真正猛士，他是一个有血性的、无愧今生的男人。闻一多是中国现代杰出的诗人、学者和民主战士。他一生热爱祖国，勤苦奋进，追求真理。经过长期的探索，终于在现实的教育和中国共产党领导的革命运动的推动下，走上了为争取人民民主和民族解放斗争的道路，并为此献出了宝贵的生命。他在新诗创作和古代文学研究等方面的卓越成就，丰富了我国的文化思想宝库，确立了他在现代文学史和现代学术史上的重要地位。他“拍案而起”，为民主而英勇奋斗，坚贞不屈的伟大精神，赢得了广大人民的敬仰和赞颂。闻一多是我们民族的优秀代表，是中国知识分子的骄傲和榜样。

朱自清曾写诗歌颂闻一多：你是一团火，照彻了深渊；指示着青年，失望中抓住自我。你是一团火，照明了古代；歌舞和竞赛，有力猛如虎。你是一团火，照亮了魔鬼；烧毁了自己！遗烬里爆出个新中国！

闻一多的诗具有极强烈的民族意识和民族气质。爱国主义精神贯穿于他的全部诗作，成为他诗歌创作的基调。早在清华学生时代所作的《李白之死》《红荷之魂》等诗中，成功地运用中国传统的诗歌题材和形象词汇歌唱他心中的理想与爱情。留美时期写下的《太阳吟》《洗衣歌》《孤雁》《忆菊》等名篇，表现了他对帝国主义“文明”的鄙视和对祖国的思念。回国初期的诗作《祈祷》《爱国心》《一句话》《我是中国人》《七子之歌》等，用炽热的情感，完整的意象，和谐的音律，表现了诗人的民族自豪感。《死水》时期的诗较之往昔之作题材更广泛，思想更深沉，进一步接触到了中国社会现实。《春光》《静夜》《荒村》等诗充满了对处于军阀混战中灾难深重的劳动人民的同情；《天安门》《欺负着了》等诗则直接把笔锋指向了北洋军阀的暴行。闻一多的这些诗篇发展了屈原、杜甫创作中爱国主义传统，具有鲜明的时代感以及社会现实批判的性质。

诗歌“三美”

诗歌“三美”即“音乐美、绘画美、建筑美”，它是闻一多诗歌理论核心内容。音乐美主要是指音节和韵脚的和谐，一行诗中的音节、音尺的排列组合要有规律。作者在继承我国古典诗词中的“顿”、借鉴西方十四行诗的“音步”的基础上，提出了“音尺”。新格律诗的音乐美，其最重要的表现就是节奏感强。《死水》是闻一多自认为“第一次在音节上最满意的试验”的力作。全诗五节二十行。每行九字，这九个音节均由一个“三字尺”和三个“二字尺”组成，最后都以双音节结尾。绘画美主要是指诗的词藻要力求美丽、富有色彩，讲究诗的视觉形象和直观性。如《死水》中的“绿酒”“白沫”“翡翠”等。建筑美主要是指从诗的整体外形上看，节与节之间要匀称，行与行之间要均齐。《死水》《洗衣歌》等都称得上是具有建筑美的范作。

新月派

新月派：现代新诗史上一个重要的诗歌流派，受泰戈尔《新月集》影响。该诗派大体上以 1927 年为界分为前后两个时期。前期自 1926 年春始，以北京的《晨报副刊·诗镌》为阵地，主要成员有闻一多、徐志摩、朱湘、饶孟侃、孙大雨等。1927 年春，胡适、徐志摩、闻一多、梁实秋等人创办新月书店，次年又创办《新月》月刊，“新月派”的主要活动转移到上海，这是后期新月派。它以《新月》月刊和 1930 年创刊的《诗刊》季刊为主要阵地，新加入成员有陈梦家、方玮德、卞之琳等。中文名新月派代表作品《再别康桥》《雁子》代表人物闻一多、徐志摩、陈梦家。又名新格律诗派他们不满于“五四”以后“自由诗人”忽视诗艺的作风，提倡新格律诗，主张“理性节制情感”的美学原则与诗的形式格律化，为了实现这一理论原则，新月派诗人在诗歌艺术上做了有益的尝试，首先是客观抒情诗的创作，即变“直抒胸臆”的抒情方式为主观情愫的客观对象化。然后再用想象来装成那模糊影像的轮郭，把主观情绪化为具体形象。反对滥情主义和诗的散文化倾向，从理论到实践上对新诗的格律化进行了认真的探索。闻一多在《诗的格律》中提出了著名的“三美”主张，即“音乐美（音节）、绘画美（辞藻）、建筑美（节的匀称和句的均齐）”。它是针对当时的新诗形式过分散体化而提出来的。这一主张奠定了新格律学派的理论基础，对新诗的发展作出一定的贡献。因此新月派又被称为“新格律诗派”。新月派纠正了早期新诗创作过于散文化弱点，也使新诗进入了自主创造的时期。

目录

contents

红烛

青春篇

孤雁篇

死　水

红烛

序　诗

精彩导读

“红烛”在全诗出现九次，隔离反复，抒发了诗人怎样的思想感情呢？除了反复的修辞手法外，诗人还运用了哪些表现手法？让我们来阅读并思考吧！

红　烛

蜡炬成灰泪始干

——李商隐

红烛啊！
这样红的烛！
诗人啊！
吐出你的心来比比，
可是一般颜色？

红烛啊！
是谁制的蜡——给你躯体？
是谁点的火——点着灵魂？
为何更须烧蜡成灰，
然后才放光出？
一误再误；
矛盾！冲突！

红烛啊！
不误，不误！

原是要“烧”出你的光来——
这正是自然的方法。

红烛啊！
既制了，便烧着！
烧吧！烧吧！
烧破世人底梦，
烧沸世人底血——
也救出他们的灵魂，
也捣破他们的监狱！

红烛啊！
你心火发光之期，
正是泪流开始之日。

红烛啊！
匠人造了你，
原是为烧的。
既已烧着，
又何苦伤心流泪？
哦！我知道了！
是残风来侵你的光芒，
你烧得不稳时，
才着急得流泪！

红烛啊！
流吧！你怎能不流呢？
请将你的脂膏，
不息地流向人间，
培出慰藉底花儿，
结成快乐的果子！

红烛啊！

你流一滴泪，灰一分心。
灰心流泪你的果，
创造光明你的因。

红烛啊！
“莫问收获，但问耕耘。”

精彩点拨

诗集《红烛》出版于1923年，是闻一多的第一部诗集。这首《红烛》是诗人为同名诗集作的序诗，展现了诗人为理想不懈探索的心路历程。诗人取李商隐诗“蜡炬成灰泪始干”的经典意象和核心意蕴，将其置于中国革命的现实语境之下，表达出诗人愿为争取民主自由发光发热、燃烧自我的如红烛般的赤诚之心。诗歌第一节借反问以自省，鼓励诗人们要有红烛一般无私奉献的精神。第二、三节则借红烛躯体燃尽方能放出光芒的物理属性进一步高扬了自我牺牲的高尚情操。从第四节开始，诗人似是对着红烛自述，宽慰红烛所流过的泪、灰掉的心都是为了拯救世人、创造光明，“莫问收获，但问耕耘”是对红烛的鼓励，更是诗人的自勉。

阅读积果

李商隐

李商隐（约813年－约858年），字义山，号玉谿生，又号樊南生，祖籍怀州河内（今河南焦作沁阳），出生于郑州荥阳（今河南郑州荥阳市）。他是晚唐著名诗人，和杜牧合称“小李杜”，与温庭筠合称为“温李”。唐文宗开成二年（837年），李商隐登进士第，曾任秘书省校书郎、弘农尉等职，因卷入“牛李党争”的政治旋涡而备受排挤，一生困顿不得志。唐宣宗大中末年（约858年），李商隐在郑州病故，墓葬地点颇有争议。

李白篇

精彩导读

《李白篇》选取了闻一多《李白之死》《剑匣》《西岸》三首诗歌。《李白之死》以“李白捉月骑鲸而终”这一民间传说为基础，加以诗的提炼与生发，写来慷慨激昂又哀怨动人。《剑匣》描述了一个虚构的历史故事：一位曾经所向无敌的骁将在“四面楚歌底末路时”，退隐孤岛，自甘寂寞、自得其乐地精心雕镂着自己的“剑匣”。这位骁将陶醉在剑匣富丽堂皇的光芒之中，昏死过去了，实现了“不用宝剑底锋芒”自杀的夙愿。《西岸》写的又是什么内容呢？让我们来悦享吧！

醉月频中圣，
迷花不事君。

——李白

李白之死

世俗流传太白以捉月骑鲸而终，本属荒诞。此诗所述亦凭臆造，无非欲借以描画诗人底人格罢了。读者不要当作历史看就对了。

我本楚狂人，
凤歌笑孔丘。

——李白

原文

一对龙烛已烧得只剩光杆两枝，
却又借回已流出的浓泪底余脂，

牵延着欲断不断的弥留的残火，
在夜底喘息里无效地抖擞振作。
杯盘狼藉在案上，酒坛睡倒在地下，
醉客散了，如同散阵投巢的乌鸦；
只那醉得最很，醉得如泥的李青莲
（全身底骨架如同脱了榫的一般）
还歪倒倒的在花园底椅上堆着，
口里喃喃地，不知到底说些什么。
声音听不见了，嘴唇还喋着不止；
忽地那络着密密红丝网的眼珠子，
（他自身也像一个微小的醉汉）
对着那怯懦的烛焰瞪了半天：
仿佛一只饿狮，发见了一个小兽，
一声不响，两眼睁睁地望他尽瞅；
然后轻轻地缓缓地举起前脚，
便迅雷不及掩耳，忽地往前扑着——
像这样，桌上两对角摆着的烛架，
都被这个醉汉拉倒在地下。

“哼哼！就是你，你这可恶的作怪，”
他从咬紧的齿缝里泌出声音来，
“碍着我的月儿不能露面哪！
月儿啊！你如今应该出来了吧！
哈哈！我已经替你除了障碍，
骄傲的月儿，你怎么还不出来？
你是瞧不起我吗？啊，不错！
你是天上广寒宫里的仙娥，
我呢？不过那戏弄黄土的女娲
散到六合[①]里来底一颗尘沙！
啊！不是！谁不知我是太白之精？
我母亲没有在梦里会过长庚？[②]

月儿，我们星月原是同族的，
我说我们本来是很面熟呢！”
在说话时他没留心那黑树梢头
渐渐有一层薄光将天幕烘透，
几朵铅灰云彩一层层都被烘黄，
忽地有一个琥珀盘轻轻浮上，
（却又像没动似的）他越浮得高，
越缩越小；颜色越褪淡了，直到
后来，竟变成银子样的白的亮——
于是全世界都浴着伊的晶光。
簇簇的花影也次第分明起来，
悄悄爬到人脚下偎着，总躲不开——
像个小狮子狗儿睡醒了摇摇耳朵，
又移到主人身边懒洋洋地睡着。
诗人自身的影子，细长得可怕的一条，
竟拖到五步外的栏杆上坐起来了。
从叶缝里筛过来的银光跳荡，
啮着环子的兽面蠢似一朵缩菌，
也鼓着嘴儿笑了，但总笑不出声音。
桌上一切的器皿，接受复又反射
那闪灼的光芒，又好像日下的盔甲。
这段时间中，他通身的知觉都已死去，
那被酒催迫了的呼吸几乎也要停驻；
两眼只是对着碧空悬着的玉盘，
对着他尽看，看了又看，总看不倦。
“啊！美呀！”他叹道，“清寥的美！莹澈的美！
宇宙为你而存吗？你为宇宙而在？
哎呀！怎么总是可望而不可即！
月儿呀月儿！难道我不应该爱你？
难道我们永远便是这样隔着？
月儿，你又总爱涎着脸皮跟着我；

等我被你媚狂了，要拿你下来，
却总攀你不到。唉！这样狠又这样乖！

月啊！你怎同天帝一样地残忍！
我要白日照我这至诚的丹心，
狰狞的怒雷又砰訇地吼我；
我在落雁峰前几次朝拜帝座，[③]
额撞裂了，嗓叫破了，阊阖还不开。
吾爱啊！帝旁擎着雉扇的吾爱！
你可能问帝，我究犯了那条天律？
把我谪了下来，还不召我回去？[④]
帝啊！帝啊！我这罪过将永不能赎？
帝呀！我将无期地囚在这痛苦之窟？”
又圆又大的热泪滚向膨胀的胸前，
却有水银一般地沉重与灿烂；
又像是刚同黑云碰碎了的明月
溅下来点点的残屑，眩目的残屑。

“帝啊！既遣我来，就莫生他们！”他又讲，
“他们，那般妖媚的狐狸，猜狠的豺狼！
我无心作我的诗，谁想着骂人呢？
他们小人总要忍心地吹毛求疵，
说那是讥诮伊的。哈哈！这真是笑话！
他是个什么人？他是个将军吗？
将军不见得就不该替我脱靴子。
唉！但是我为什么要作那样好的诗？
这岂不自作的孽，自招的罪？……[⑤]
那里？我那里配得上谈诗？不配，不配；
谢玄晖才是千古的大诗人呢！——
那吟‘余霞散成绮，澄江净如练’的
谢将军，诗既作的那样好——真好！——

但是那里像我这样地坎坷潦到？”⑥
然后，撑起胸膛，他长长地叹了一声。
只自身的影子点点头，再没别的同情？
这叹声，便似平远的沙汀上一声鸟语，
叫不应回音，只悠悠地独自沉没，
终于无可奈何，被宽嘴的寂静吞了。

“啊‘澄江净如练，’这种妙处谁能解道？
记得那回东巡浮江底一个春天——⑦
两岸旌旗引着腾龙飞虎回绕碧山——
果然如是，果然是白练满江……
唔？又讲起他的事了？冤枉啊！冤枉！
夜郎有的是酒，有的是月，我岂怨嫌？⑧
但不记得那天夜半，我被捉上楼船！⑨
我企望谈谈笑笑，学着仲连安石们，
替他们解决些纷纠，扫却了胡尘。⑩
哈哈！谁又知道他竟起了野心呢？
哦，我竟被人卖了！但一半也怪我自身！”

这样他便将那成灰的心渐渐扇着，
到底又得痛饮一顿，浇熄了愁底火，
谁知道这愁竟像田单底火牛一般：
热油淋着，狂风扇着，越奔火越燃，
毕竟谁烧焦了骨肉，牺牲了生命，
那束刃的采帛却焕成五色的龙文：
如同这样，李白那煎心烙肺的愁焰，
也便烧得他那幻像底轮子急转，
转出了满牙齿上攒着的“丽藻春葩”。
于是他又讲，“月儿！若不是你和他，”
手指着酒壶，“若不是你们的爱护，
我这生活可不还要百倍地痛苦？

啊！可爱的酒！自然赐给伊的骄子——
诗人底恩俸！啊，神奇的射愁底弓矢！
开启琼宫底管钥！琼宫开了：
那里有鸣泉漱石，玲鳞怪羽，仙花逸条；
又有琼瑶的轩馆同金碧的台榭；
还有吹不满旗的灵风推着云车，
满载霓裳缥缈，彩佩玲珑的仙娥，
给人们颁送着驰魂宕魄的天乐。
啊！是一个绮丽的蓬莱底世界，
被一层银色的梦轻轻地锁着在！”

“啊！月呀！可望而不可即的明月！
当我看你看得正出神的时节，
我只觉得你那不可思议的美艳，
已经把我全身溶化成水质一团，
然后你那提挈海潮底全副的神力，
把我也吸起，浮向开遍水钻花的
碧玉的草场上；这时我肩上忽展开
一双翅膀，越张越大，在空中徘徊，
如同一只大鹏浮游于八极之表。[11]
哦，月儿，我这时不敢正眼看你了！
你那太强烈的光芒刺得我心痛。……
忽地一阵清香搅着我的鼻孔，
我吃了一个寒噤，猛开眼一看，……
哎呀！怎地这样一副美貌的容颜！
丑陋的尘世！你哪有过这样的副本？
啊！布置得这样调和，又这般端正，
竟同一阕鸾凤和鸣底乐章一般！
哦，我如何能信任我的这双肉眼？
我不相信宇宙间竟有这样的美！
啊，大胆的我哟，还不自惭形秽，

竟敢现于伊前！——啊！笨愚呀糊涂！——
这时我只觉得头昏眼花，血凝心冱；
我觉得我是污烂的石头一块，
被上界底清道夫抛掷了下来，
掷到一个无垠的黑暗的虚空里，
坠降，坠降，永无着落，永无休止！”

月儿初还在池下丝丝柳影后窥看，
像沐罢的美人在玻璃窗口晾发一般；
于今却已姗姗移步出来，来到了池西；
夜飑底私语不知说破了什么消息，
池波一皱，又惹动了伊娴静的微笑。
沉醉的诗人忽又战巍巍地站起了，
东倒西歪地挨到池边望着那晶波。
他看见这月儿，他不觉惊讶地想着：
如何这里又有一个伊呢？奇怪！奇怪！
难道天有两个月，我有两个爱？
难道刚才伊送我下来时失了脚，
掉在这池里了吗？——这样他正疑着……
他脚底下正当活泼的小涧注入池中，
被一丝刚劲的菖蒲鲠塞了喉咙，
便咯咯地咽着，像喘不出气的呕吐。
他听着吃了一惊，不由得放声大哭：
“哎呀！爱人啊！淹死了，已经叫不出声了！”
他翻身跳下池去了，便向伊一抱，
伊已不见了，他更惊慌地叫着，
却不知道自己也叫不出声了！
他挣扎着向上猛踊，再昂头一望，
又见圆圆的月儿还平安地贴在天上。
他的力已尽了，气已竭了，他要笑，
笑不出了，只想道：“我已救伊上天了！”

注释

①“女娲戏黄土，团作愚下人，散在六合间，濛濛如沙尘。”——《上云乐》。

②“惊姜之夕，长庚入梦，故生而名白，以太白字之。”——李阳冰《草堂集序》——均作者原注

③“李白登华山落雁峰曰（此日应为曰）：‘此山最高，呼吸之气想通天帝座矣。恨不携谢朓惊人诗来搔首问青天耳！’”——《云仙杂记》。——作者原注

④贺知章称李白为“谪仙人”。

⑤高力士以脱靴事蓄怨于白，玄宗尝与太真赏花于沉香亭，诏白为乐章；白作《清平调》以献。力士摘之以谗于太真。自是帝每欲重用白，辄为太真所阴。——见《唐书》本传。——均作者原注

⑥白生平最服膺谢朓，诗中屡次称道。有句云：“解道‘澄江净如练’，令人长忆谢玄晖。”

⑦白尝依永王磷；有《永王东巡歌十一首》。

⑧永王作乱，事败；白流于夜郎。

⑨“半夜水军来，……迫胁上楼船。”——《赠江夏太守》。

⑩“但用东山谢安石，为君谈笑静胡沙。”——《永王东巡歌》；“所冀旄头灭，功成追鲁连。”——《在水军宴赠幕府诸侍御》。——均作者原注

⑪“余昔于江陵，见天台司马子微，谓余有仙风道骨，可与神游八极之表。因著大鹏遇希有鸟赋以自广。……”——大鹏赋序。——作者原注

剑 匣

I built my soul a lord lyp leasure—house,
Wherein atease for aye to dwell.
......
And While the world runs round and round,
I said, "Reign thou apart, a quietking,
Stillas, while saturnwhirls, his stead fast shade
Sleeps on his luminous ring."
To which my soul made answer readily:
"Trust me in bliss I shall abide
In this great mansion, that is built for me,
Soroyal–richand wide."

——Tennyson①

原文

在生命底大激战中,
我曾是一名盖世的骁将。
我走到四面楚歌底末路时,
并不同项羽那般顽固,
定要投身于命运底罗网。
但我有这绝岛作了堡垒,
可以永远驻札我的退败的心兵。
在这里我将养好了我的战创,
在这里我将忘却了我的仇敌。
在这里我将作个无名的农夫,
但我将让闲惰底芜蔓
蚕食了我的生命之田。
也许因为我这肥泪底无心的灌溉,
一旦芜蔓还要开出花来呢?

那我就整日徜徉在田塍上，
饱喝着他们的明艳的色彩。

我也可以作个海上的渔夫：
我将撒开我的幻想之网。
在寥阔的海洋里；
在放网收网之间，
我可以坐在沙岸上做我的梦，
从日出梦到黄昏……
假若撒起网来，不是一些鱼虾，
只有海树珊瑚同含胎的老蚌，
那我却也喜出望外呢。

有时我也可佩佩我的旧剑，
踱进山去作个樵夫。
但群松舞着葱翠的干戚，
雍容地唱着歌儿时，
我又不觉得心悸了。
我立刻套上我的宝剑，
在空山里徘徊了一天。
有时看见些奇怪的彩石，
我便拾起来，带了回去；
这便算我这一日底成绩了。

但这不是全无意识的。
现在我得着这些材料，
我真得其所了；
我可以开始我的工匠生活了，
开始修葺那久要修葺的剑匣。

我将摊开所有的珍宝，

陈列在我面前，
一样样的雕着，镂着，
磨着，重磨着……
然后将他们都镶在剑匣上，——
用我的每出的梦作蓝本，
镶成各种光怪陆离的图画。
我将描出白面美髯的太乙②
卧在粉红色的荷花瓣里，
在象牙雕成的白云里飘着。
我将用墨玉同金丝
制出一只雷纹镶嵌的香炉；
那炉上炷着袅袅的篆烟，
许只可用半透明的猫儿眼刻着。
烟痕半消未灭之外，
隐约地又升起了一个玉人，
仿佛是肉袒的维纳斯呢……
这块玫瑰玉正合伊那肤色了。
晨鸡惊耸地叫着，
我在蛋白的曙光里工作，
夜晚人们都睡去，我还作着工——
烛光抹在我的直陡的额上，
好像紫铜色的晚霞
映在精赤的悬崖上一样。

我又将用玛瑙雕成一尊梵像，
三首六臂的梵像，
骑在鱼子石的象背上。
珊瑚作他口里含着的火，
银线辫成他腰间缠着的蟒蛇，
他头上的圆光是块琥珀的圆壁。

我又将镶出一个瞎人
在竹筏上弹着单弦的古瑟。
（这可要镶得和王叔远底
桃核雕成的赤壁赋一般精细。）
然后让翡翠，蓝玛玉，紫石瑛，
错杂地砌成一片惊涛骇浪；
再用碎砾的螺钿点缀着，
那便是涛头闪目的沫花了。
上面再笼着一张乌金的穹窿，
只有一颗宝钻的星儿照着。
春草绿了，绿上了我的门阶，
我同春一块儿工作着；
蟋蟀在我床下唱着秋歌，
我也唱着歌儿作我的活。

我一壁工作着，一壁唱着歌：
我的歌里的律吕
都从手指尖头流出来，
我又将他制成层叠的花边：
有盘龙，对凤，天马，辟邪底花边，
有芝草，玉莲，卍字，双胜底花边，
又有各色的汉纹边
套在最外的一层边外。

若果边上还缺些角花，
把蝴蝶嵌进去应当恰好。
玳瑁刻作梁山伯，
璧玺刻作祝英台，
碧玉，赤瑛，白玛瑙，蓝琉璃，……
拼成各种彩色的凤蝶。
于是我的大功便告成了！

哦，我的大功告成了！
你不要轻看了我这些工作！
这些不伦不类的花样，
你该知道不是我的手笔，
这都是梦底原稿的影本。
这些不伦不类的色彩，
也不是我的意匠底产品，
是我那芜蔓底花儿开出来的。
你不要轻看了我这些工作哟！

哦，我的大功告成了！
我将抽出我的宝剑来——
我的百炼成钢的宝剑，
吻着他，吻着他……
吻去他的锈，吻去他的伤疤；
用热泪洗着他，洗着他……
洗净他上面的血痕，
洗净他罪孽底遗迹；
又在龙涎香上熏着他，
熏去了他一切腥膻的记忆。
然后轻轻把他送进这匣里，
唱着温柔的歌儿，
催他的快在这艺术宫中酣睡。

哦，哦，我的大功告成了！
我的大功终于告成了！
人们的匣是为保护剑底锋芒，
我的匣是要藏他睡觉的。
哦，我的剑匣修成了，
我的剑有了永久的归宿了！

哦，我的剑要归寝了！
我不要学轻佻的李将军，
拿他的兵器去射老虎，
其实只射着一块僵冷的顽石。
哦，我的剑要归寝了！
我也不要学迂腐的李翰林，
拿他的兵器去割流水，
一壁割着，一壁水又流着。
哦！我的兵器只要韬藏，
我的兵器只要酣睡。
我的兵器不要斩芟奸横，
我知道奸横是僵冷的顽石一堆；
我的兵器了不要割着愁苦，
我知道愁苦是割不断的流水。

哦，我的大功告成了！
让我的宝剑归寝了！
我岂似滑头的汉高祖，
拿宝剑斫死了一条白蛇，
因此造一个谣言，
就骗到了一个天下？
哦！天下，我早已得着了啊！
我早坐在艺术的凤阙里，
像大舜皇帝，垂裳而治着
我的波希米亚的世界了啊！
哦！让我的宝剑归寝吧！
我又岂似无聊的楚霸王，
拿宝剑斫掉多少的人头，
一夜梦回听着恍惚的歌声，
忽又拥着爱姬，抚着名马，
提起原剑来刎了自己的颈？

哦！但我又不妨学了楚霸王，
用自己的宝剑自杀了自己。
不过果然我要自杀，
定不用这宝剑底锋芒。
我但愿展玩着这剑匣——
展玩着我这自制的剑匣，
我便昏死在他的光彩里！
哦，我的大功告成了！
我将让宝剑在匣里睡着觉，
我将摩抚着这剑匣，
我将宠媚着这剑匣——
看着缠着神蟒的梵像，
我将巍巍地抖颤了，
看看筏上鼓瑟的瞎人，
我将号眺地哭泣了；
看看睡在荷瓣里的太乙，
飘在篆烟上的玉人，
我又将迷迷地嫣笑了呢！

哦，我的大功告成了！
我将让宝剑在匣里睡着。
我将看着他那光怪的图画，
重温我的成形的梦幻，
我将看着他那异彩的花边，
再唱着我的结晶的音乐。

啊！我将看着，看着，看着，
看到剑匣战动了，
模糊了，更模糊了，
一个烟雾弥漫的虚空了，……

哦！我看到肺脏忘了呼吸，
血液忘了流驶，
看到眼睛忘了看了。
哦！我自杀了！
我用自制的剑匣自杀了！
哦哦！我的大功告成了！

注释

①根据绿原的译诗，此段引文的译文如下：

我为我的灵魂筑起一道巍峨的别馆，
好让它在里面优游岁月直到永远。
而“当世界兜着圈子奔忙时”，我说，
“你在一旁临御着，像一位无为的国王，
宁静有如土星旋转之际，它稳定的阴影
停落在它灿烂的光环之上。”

于是我的灵魂立即作出答复：
“哦，让我享此天福，我将安居
在如此富丽而宽广的
这座为我们筑的华屋。　　　　——丁尼生

丁尼生（Alfred TennySOE，1809—1892），英国桂冠诗人。上段诗引自他的《艺术的宫殿》。

②太一，神名，也作太乙。《史记·封禅书》：“天神贵者太乙。”——作者原注

西　岸[1]

"He has a lusty Spring, when fancy clear
Takes in all beauty within an easy span."

——Keats[2]

原　文

这里是一道河，一道大河，
宽无边，深无底；
四季里风姨巡遍世界，
便回到河上来休息；
满天糊着无涯的苦雾，
压着满河无期的死睡。
河岸下酣睡着，河岸上
反起了不断的波澜，
啊！卷走了多少的痛苦！
淘尽了多少的欣欢！
多少心被羞愧才鞭驯，
一转眼被虚荣又煽癫！
鞭下去，煽起来，
又莫非是金钱底买卖。
黑夜哄着聋瞎的人马，
前潮刷走，后潮又挟回。
没有真，没有美，没有善，
更那里去找光明来！

但不怕那大泽里，
风波怎样凶，水兽怎样猛，
总难惊破那浅水芦花里
那些山草的幽梦，——
一样的，有个人也逃脱了

河岸上那纷纠的樊笼。
他见了这宽深的大河，
便私心唤醒了些疑义：
分明是一道河，有东岸，
岂有没个西岸底道理?
啊！这东岸底黑暗恰是那
西岸底光明底影子。
但是满河无期的死睡，
撑着满天无涯的雾幕；
西岸也许有，但是谁看见?
哎……这话也不错。
“恶雾遮不住我，”心讲道，
“见不着，那是目底过！”
有时他忽见浓雾变得
绯样薄，在风翅上荡漾；
雾缝里又筛出些
丝丝的金光洒在河身上。
看！那里！可不是个大鼋背?
毛发又长得那样长。

不是的！倒是一座小岛，
戴着一头的花草：
看！灿烂的鱼龙都出来
晒甲胄，理须桡；
鸳鸯洗刷完了，喙子
插在翅膀里，百鳞退了——
满河一片凄凉；
太阳也没兴，卷起了金练，
让雾帘重往下放：
恶雾瞪着死水，一切的
于是又同从前一样。
“啊！我懂了，我何曾见着
那美人的容仪?

但猜着蠕动的绣裳下，
定有副美人的肢体。
同一理：见着的是小岛，
猜着的是岸西。”

“一道河中一座岛，河西
一盏灯光被岛遮断了。”
这语声到处是，有些人
鹦哥样，听熟了，也会叫；
但是那多数的人
不笑他发狂，便骂他造谣。

也有人相信他，但还讲道：
“西岸地岂是为东岸人？
若不然，为什么要划开
一道河，这样宽又这样深？”
有人讲：“河太宽，雾正密。
找条陆道过去多么稳！”
还有人明晓得道儿
只这一条，单恨生来错——
难学那些鸟儿飞着渡，
难学那些鱼儿划着过，
却总都怕说得：“搭个桥，
穿过岛，走着过！”为什么？

注释

①此诗最初于1920年9月24日发表在《清华周刊》第191期上。初发表时诗题下无济慈的引诗，不分行。收入《红烛时》作者作了删改。

②这段引诗据绿原的译诗，译文如下：

他有一个快活的春季，
当明澈的鉴赏力在安适的瞬息
将一切美尽收眼底。
——济慈

济慈（John Keats，1795—1821），英国著名诗人，名作有《夜莺》《秋颂》等。

精彩点拨

《李白之死》里，诗人从六个方面着力描绘、渲染了这样的“孤独”体验：“人走茶凉”式的凄凉感。盼望月亮的焦灼感。亲近月亮的怨怼感。因超脱不得而引发的对整个人生世事的痛苦的反思。乘月飞升中的自惭形秽。蹈水救月的迷幻。他所写出的“李白之死”倒是李白一生孤独寂寞的一个总结。这首诗本来是“借他人之酒杯，浇心头之块垒”，“不要当作历史看”。

《剑匣》是虚构的自杀的历史故事。“自杀”仿佛在做一件亘古未有的工艺品，从容娴静、精益求精。如此的奇特、玄妙，让人百思而不得其解，但读者的困惑丝毫也没有影响隐藏在这些谜团背后的瑰丽的光芒。

《西岸》是诉说赴美前的困惑，“满天糊着无涯的苦雾，压着满河无期的死睡……没有真，没有美，没有善，更哪里去找光明来！……分明是一道河，有东岸，岂有没个西岸底道理？啊！这东岸底黑暗恰是那西岸底光明底影子。”

阅读积累

约翰·济慈

约翰·济慈（John Keats，1795 年 10 月 31 日 -1821 年 2 月 23 日），出生于 18 世纪末年的伦敦，杰出的英国诗人作家之一，浪漫派的主要成员。济慈才华横溢，与雪莱、拜伦齐名。他善于运用描写手法创作诗歌，将多种情感与自然完美结合，从生活中寻找创作的影子。他的诗篇能带给人们身临其境的感受。他去世时年仅 25 岁，可他遗下的诗篇誉满人间，他的诗被认为完美体现了西方浪漫主义诗歌特色，济慈被人们推崇为欧洲浪漫主义运动的杰出代表。

雨夜篇

精彩导读

《雨夜》篇收录了闻一多先生《雨夜》《雪》《睡者》《黄昏》等21首诗。用黄庭坚《宜阳别元明用觞字韵》中的诗句“千林风雨莺求友”作为开篇引言，这是黄庭坚一首和兄弟告别的诗，诗人引用这句诗是想表达什么观点，或者说有什么隐喻呢？让我们在诗中寻找答案吧！

“千林风雨莺求友。”

——黄庭坚

雨　夜

几朵浮云，仗着雷雨的势力，
把一天底星月都扫尽了。
一阵狂风还喊来要捉那软弱的树枝
树枝拼命地扭来扭去，
但是无法躲避风的爪子。

凶狠的风声，悲酸的雨声——
我一壁听着，一壁想着：
假使梦这时要来找我，
我定要永远拉着他，不放他走；
还剜出我的心来送他作贽礼，

他要收我作个莫逆的朋友。
风声还在树里呻吟着，
泪痕满面的曙天白得可怕，
我的梦依然没有做成。
哦！原来真的已被我厌恶了，
假的就没他自身的尊严吗？

雪

夜散下无数茸毛似的天花，
织成一片大氅，
轻轻地将憔悴的世界，
从头到脚地包了起来：
又加了死人一层殓衣。

伊将一片鱼鳞似的屋顶埋起了，
却总埋不住那屋顶上的青烟缕。
啊！缕缕蜿蜒的青烟啊！
仿佛是诗人向上的灵魂，
穿透自身的躯壳：直向天堂迈往。

高视阔步的风霜蹂躏世界，
森林里抖颤的众生战斗多时，
最末望见伊的白氅，
都欢声喊着：“和平到了！奋斗成功了！
这不是冬投降底白旗吗？”

睡　者

灯儿灭了，人儿在床；
月儿底银潮
沥过了叶缝，冲进了洞窗，
射到睡觉的双靥上，
跟他亲了嘴儿又偎脸，
便洗净一切感情的表象，
只剩下了如梦幻的天真，
笼在那连耳目口鼻
都分不清的玉影上。
啊！这才是人底真色相！
这才是自然底真创造！
自然只些一副模型；
铸了月面，又铸人面。

哦！但是我爱这睡觉的人，
他醒了我又怕他呢！
我越看这可爱的睡容，
想起那醒容，越发可怕。
啊！让我睡了，躲脱他的醒吧！
可是瞌睡像只秋燕，
在我眼帘前掠了一周，
忽地翻身飞去了，
不知几时才能得回来呢？

月儿，将银潮密密地酌着！

睡觉的，撑开枯肠深深地喝着！
快酌，快喝！喝着，睡着！
莫又醒了，切莫醒了！
但是还响点擂着，鼾雷！
我只爱听这自然底壮美底回音，
他警告我这时候
那人心宫的禁闼大开，
上帝在里头登极了！

黄　昏

太阳辛苦了一天，
赚得一个平安的黄昏，
喜得满面通红，
一气直往山洼里狂奔。

黑暗好比无声的雨丝，
慢慢往世界上飘洒……
贪睡的合欢叠拢了绿鬓，钩下了柔颈，
路灯也一齐偷了残霞，换了金花；
单剩那喷水池
不怕惊破别家底酣梦，
依然活泼泼地高呼狂笑，独自玩耍。
饭后散步的人们，
好像刚吃饱了蜜的蜂儿一窠，
三三五五的都往
马路上头，板桥栏畔飞着。
嗡……嗡……嗡……听听唱的什么——
　是花色的美丑？
　是蜜味的厚薄？
　是女王的专制？
　是东风的残虐？

啊！神秘的黄昏啊！
问你这首玄妙的歌儿，
这辈嚣喧的众生
谁个唱的是你的真义？

时间底教训

太阳射上床，惊走了梦魂。
昨日底烦恼去了，今日底还没来呢。
啊！这样肥饱的鹞声，
稻林里撞挤出来——
来到我心房酿蜜，
还同我的，万物的蜜心，
融合作一团快乐——
生命底唯一真义。

此刻时间望我尽笑，
我便合掌向他祈祷：“赐我无尽期！”
可怕！那笑还是冷笑；
那里？他把眉尖锁起，居然生了气。

“地得！地得！”听那壁上的钟声，
果同快马狂蹄一般地奔腾。
那骑者还仿佛吼着：
“尽可多多创造快乐去填满时间；
哪可活活缚着时间来陪着快乐？”

二月庐

面对一幅淡山明水的画屏，
在一块棋盘似的稻田边上，
蹲着一座看棋的瓦屋——
紧紧地被捏在小山的拳心里。

柳荫下睡着一口方塘；
聪明的燕子——伊唱歌儿
偏找到这里，好听着水面的
回声，改正音调底错儿。

燕子！可听见昨夜那阵冷雨？
西风底信来了，催你快回去。
今年去了，明年，后年，后年以后，
一年回一度的还是你吗？
啊？你的爆裂得这样音响，
迸出些什么压不平的古愁！
可怜的鸟儿，你诉给谁听？
哪知道这个心也碎了哦！

印 象

一望无涯的绿茸茸的——
是青苔？是蔓草？是禾稼？是病眼发花？——
只在火车窗口像走马灯样旋着？
仿佛死在痛苦底海里泅泳——
他的披毛散发的脑袋
在噤哑无声的绿波上漂着——
是簇簇的杨树林钻出禾面。

绿杨遮着作工的——神圣的工作！
猝红的赤膊摇着枯涩的辘轳，
向地母哀求世界底一线命脉。
白杨守着休息的——无上的代价！——
孤零零的一座秃头的黄土堆，
拥着一个安闲，快乐，了无知识的灵魂，
长眠，美睡，禁止百梦底纷扰。
啊！神圣的工作！无上的代价！

美与爱

窗子里吐出娇嫩的灯光——
两行鹅黄染的方块镶在墙上；
一双枣树的影子，像堆大蛇，
横七竖八地睡满了墙下。

啊！那颗大星儿！嫦娥底侣伴！
你无端绊住了我的视线；
我的心鸟立刻停了他的春歌，
因他听了你那无声的天乐。

听着，他竟不觉忘却了自己，
一心只要飞出去找你，
把监牢底铁槛也撞断了；
但是你忽然飞地不见了！

屋角底凄风悠悠叹了一声，
惊醒了懒蛇滚了几滚；
月色白得可怕，许是恼了？
张着大嘴的窗子又像笑了！
可怜的鸟儿，他如今回了，
嗓子哑了，眼睛瞎了，心也灰了；
两翅洒着滴滴的鲜血，——
是爱底代价，美底罪孽！

快 乐

原 文

快乐好比生机：
生机底消息传到绮甸，[①]
群花便立刻
披起五光十色的绣裳。

快乐跟我的
灵魂接了吻，我的世界
忽变成天堂，
住满了柔艳的安琪儿！[②]

注 释

①绮甸，通译作伊甸园。
②英文angel的音译，愿意为天使。

诗　人

人们说我有些像一颗星儿，
无论怎样光明，只好作月儿底伴，
总不若灯烛那样有用——
还要照着世界作工，不徒是好看。

人们说春风把我吹燃，是火样的薇花，
再吹一口，便变成了一堆死灰；
剩下的叶儿像铁甲，刺儿像蜂针，
谁敢抱他的赤裸的胸怀？

又有些人比我作一座遥山：
他们但愿远远望见我的颜色，
却不相信那白云深处里，
还别有一个世界——一个天国。

其余的人或说这样，或说那样，
只是说得对的没有一个。
“谢谢朋友们！”我说，“不要管我了，
你们那样忙，那有心思来管我？
你们在忙中觉得热闷时，
风儿吹来，你们无心地喝下了，
也不必问是谁送来的，
自然会觉得他来的正好！”

风 波[1]

原文

我戏将沉檀焚起来祀你，
哪知他会烧的这样狂！
他虽散满一世界底异香，
但是你的香吻没有抹尽的
那些渣滓，却化作了云雾
满天，把我的两眼障瞎了；
我看不见你，便放声大哭，
像小孩寻不见他的妈了。
立刻你在我耳旁低声地讲：
（但你的心也雷样的震荡）
“在这里；大惊小怪地闹些什么？
一个好教训哦！”说完了笑着。
爱人！这戏禁不得多演，
让你的笑焰把我的泪晒干！

注释

①此诗于1921年5月20日最初发表在《清华周刊》第220期上，原题为《爱的风波》，收入《红烛》时，改为此题，内文也作了较大的修改。

幻中之邂逅[①]

原文

太阳落了，责任闭了眼睛，
屋里朦胧的黑暗凄酸的寂静，
钩动了一种若有若无的感情，
——快乐和悲哀之间底黄昏。

仿佛一簇白云，蒙蒙漠漠，
拥着一只素氅朱冠的仙鹤——
在方才淌进的月光里浸着，
那娉婷的模样就是她么？

我们都还没吐出一丝儿声响；
我刚才无心地碰着她的衣裳，
许多的秘密，便同奔川一样，
从这摩触中不歇地冲洄来往。

忽地里我想要问她到底是谁，
抬起头来……月在哪里？人在哪里？
从此狰狞的黑暗，咆哮的静寂，
便扰得我辗转空床，通夜无睡。

注释

①此诗于1921年9月15日最初发表于《清华周刊》第223期，题为《夜来之客》，收入《红烛》时改题为此题，诗末署“八·十五”。

回 顾

九年底清华底生活，
回头一看——
是秋夜里一片沙漠，
却露着一颗萤火，
越望越光明，
四围是迷茫莫测的凄凉黑暗。
这是红惨绿娇的暮春时节：
如今到了荷池——
寂静底重量正压着池水
连面皮也皱不动——
一片死静！
忽地里静灵退了，
镜子碎了，
个个都喘气了。
看！太阳的笑焰——一道金光，
滤过树缝，洒在我额上；
如今羲和替我加冕了，
我是全宇宙底王！

志 愿

马路上歌啸的人群
泛滥横流着，
好比一个不羁的青年底意志。

银箔似的溪面一意地
要板平那难看的皱纹。
两岸底绿杨争着
迎接视线到了神秘的尽头？——
原来哪里是尽头？
是视线的长度不够！
啊！主呀，我过了那道桥以后，
你将怎样叫我逍遣呢？
主啊！愿这腔珊瑚似的鲜血
染得成一朵无名的野花，
这阵热气又化些幽香给她，
好攒进些路人底心里烘着吧！
只要这样，切莫又赏给我
这一副腥秽的躯壳！
主呀！你许我吗？许了我吧！

失　败

从前我养了一盆宝贵的花儿，
好容易孕了一个苞子，
但总是半含半吐的不肯放开。
我等发了急，硬把他剥开了，
他便一天萎似一天，萎得不像样了。
如今我要他再关上不能了。
我到底没有看见我要看的花儿！

从前我做了一个稀奇的梦，
我总嫌他有些太模糊了，
我满不介意，让他震破了；
我醒了，直等到月落，等到天明，
重织一个新梦既织不成，
便是那个旧的也补不起来了。
我到底没有做好我要做的梦！

贡 臣[①]

原文

我的王！我从远方来朝你，
带了满船你不认识的，
但是你必中意的贡礼。
我兴高采烈地航到这里来，
那里知道你的心……唉！
还是一个涸了的海港！
我悄悄地等着你的爱潮膨涨，
好浮进我的重载的船艘；
月儿圆了几周，花儿红了几度，
还是老等，等不来你的潮头！
我的王！他们讲潮汐有信，
如今叫我怎样相信他呢？

注释

①此诗于1922年4月4日最初发表于《清华周刊·双四节特刊》上，诗题为《进项者》，收入《红烛》时改为此题，并作了修改。

游戏之祸

我酌上蜜酒，烧起沉檀，
游戏着膜拜你：
沉檀烧地太狂了，
我忙拿蜜酒来浇他；
谁知越浇越烈，
竟惹了焚身之祸呢！

花儿开过了

花儿开过了，果子结完了：
一春底香雨被一夏底骄阳炙干了，
一夏底荣华被一秋底馋风扫尽了。
如今败叶枯枝，便是你的余剩了。

天寒风紧，冻哑了我的心琴；
我惯唱的颂歌如今竟唱不成。
但是，且莫伤心，我的爱，
琴弦虽不鸣了，音乐依然在。

只要灵魂不灭，记忆不死，纵使
你的荣华永逝（这原是没有的事），
我敢说那已消的春梦底余痕，
还永远是你我的生命底生命！

况且永继的荣华，顿刻的凋落——
两两相形，又算得了些什么？
今冬底假眠，也不过是明春底
更烈的生命所必需的休息。
所以不怕花残，果烂，叶败，枝空，
那缜密的爱底根网总没一刻放松；
他总是绊着，抓着，咬着我的心，
他要抽尽我的生命供给你的生命！

爱啊！上帝不曾因青春底暂退，
就要将这个世界一齐捣毁，
我也不曾因你的花儿暂谢，
就敢失望，想另种一朵来代他！

十一年一月二日作

哎呀！自然底太失管教的骄子！
你那内蕴的灵火！不是地狱底毒火，
如今已经烧得太狂了，
只怕有一天要爆裂了你的躯壳。

你那被爱蜜饯了的肥心，人们讲，
本是为滋养些嬉笑的花儿的，
如今却长满了愁苦底荆棘——
他的根已将你的心越捆越紧，越缠越密。
上帝啊！这到底是什么用意？

唉！你（只有你）真正了解生活底秘密，
你真是生活底唯一的知己，
但生活对你偏是那样地凶残：
你看！又是一个新年——好可怕的新年！——
张着牙戟齿锯的大嘴招呼你上前；
你退既不能，进又白白地往死嘴里钻！

高步远跆的命运
从时间底没究竟的大道上踱过；
我们无足轻重的蚁子
糊里糊涂地忙来忙去，不知为什么，
忽地里就断送在他的脚跟底……

但是，那也对啊！……死！你要来就快来，
快来断送了这无边的痛苦！
哈哈！死，你的残忍，乃在我要你时，你不来，
如同生，我不要他时，他偏存在！

死

啊！我的灵魂底灵魂！
我的生命底生命，
我一生底失败，一生底亏欠，
如今要都在你身上补足追偿，
但是我有什么
可以求于你的呢？

让我淹死在你眼睛底汪波里！
让我烧死在你心房底熔炉里！
让我醉死在你音乐底琼醪里！
让我闷死在你呼吸底馥郁里！

不然，就让你的尊严羞死我！
让你的酷冷冻死我！
让你那无情的牙齿咬死我！
让那寡恩的毒剑螫死我！

你若赏给我快乐，
我就快乐死了；
你若赐给我痛苦，
我也痛苦死了；
死是我对你唯一的要求，
死是我对你无上的贡献。

深夜底泪

生波停了掀簸；
深夜啊！——
沉默的寒潭！
澈虚的古镜！

行人啊！
回转头来，
照照你的颜容吧！
啊！这般憔悴……

轻柔的泪，
温热的泪，
洗得净这仆仆的征尘？
无端地一滴滴流到唇边，
想是要你尝尝它的滋味；
这便是生活底滋味！

枕儿啊！
紧紧地贴着！
请你也尝尝它底滋味。
唉！若不是你，
这腐烂的骷髅，
往哪里靠啊！

更鼓啊！
一声声这般急切；
便是生活底战鼓吧？
唉！擂断了心弦，
搅乱了生波……

战也是死，
逃也是死，
降了我不甘心。
生活啊！
你可有个究竟？

啊！宇宙底生命之酒，
都将酌进上帝底金樽。
不幸的浮沤！
怎地偏酌漏了你呢？

精彩点拨

《雨夜》的浮云借着雷雨遮蔽天空，不正是象征着帝国主义、官僚主义、以及他们的爪牙吗？软弱的树枝正是在浩劫中无依无靠、任人宰割的人民，为了人民能够安居乐业，诗人宁可“永远拉着他，不放他走；剜出我的心来送他做贽礼”。诗人这种为了国家人民甘愿牺牲的精神，永远值得我们歌颂。

《雪》中诗人塑造了一个被大雪覆盖的世界，死寂般地宁静中一缕青烟从屋顶升起，象征着希望，是一位位烈士的灵魂给后继者的引路；正如诗人雪莱说的“冬天到了，春天还会远吗？”

可以看到，《雨夜》篇都是诗人对旧社会的控诉，开篇引用黄庭坚的告别诗，也像是诗人对旧社会的告别，对一位并不友善，但是陪伴了诗人许久的友人的离别，其中我们感受不到离别的悲伤，感受到的只有对深陷旧时代的人民的悲伤，雨夜即将过去，黎明的曙光将照耀大地！

阅读积累

黄庭坚

黄庭坚（1045年8月9日–1105年5月24日），字鲁直，号山谷道人，晚号涪翁，洪州分宁（今江西省九江市修水县）人。北宋著名文学家、书法家、江西诗派开山之祖。与苏轼齐名，世称“苏黄”。黄庭坚提出“点铁成金”和“夺胎换骨”等诗学理论，对宋诗和后世产生深远影响，其作品有《山谷词》《登快阁》等。1105年，客死宜州（广西宜山县），追谥文节。

青春篇

精彩导读

《雨夜》是对旧时代的告别,《青春》就是对新时代的欢迎,无论是题目“青春”还是引用陆游的诗句“柳暗花明又一村”，都让人联想到美好的东西即将到来，摒弃了糟粕，迎接新的时代。

柳暗花明又一村。

——陆游

青 春

青春像只唱着歌的鸟儿，
已从残冬窟里闯出来，
驶入宝蓝的穹窿里去了。

神秘的生命，
在绿嫩的树皮里膨胀着，
快要送出带鞘子的，
翡翠的芽儿来了。

诗人呵！揩干你的冰泪，
快预备着你的歌儿，
也赞美你的苏生吧！

宇　宙

宇宙是个监狱，
但是个模范监狱；
他的目的在革新，
并不在惩旧。

国　手

爱人啊！你是个国手：
我们来下一盘棋；
我的目的不是要赢你，
但只求输给你——
将我的灵和肉
输得干干净净！

香　篆

辗转在眼帘前，
萦回在鼻观里，
锤旋在心窝头——

心爱的人儿啊！
这样清幽的香，
只堪供祝神圣的你：

我祝你黛发长青！
又祝你朱颜长姣！
同我们的爱万寿无疆！

春　寒

春啊！
正似美人一般，
无妨瘦一点儿！

钟　声

钟声报得这样急——
时间之海底记水标哦！
是记涨呢，还是记落呢！——
是报过去底添长呢？
还是报未来的消缩呢？

春之首章

浴人灵魂的雨过了：
薄泥到处啮人底鞋底。
凉飔挟着湿润的土气
在鼻蕊间正冲突着。

金鱼儿今天许不大怕冷了？
个个都敢于浮上来呢！

东风苦劝执拗的蒲根，
将才睡醒的芽儿放了出来。
春雨过了，芽儿刚抽到寸长，
又被池水偷着吞去了。
亭子角上几根瘦硬的
还没赶上春的榆枝，
印在鱼鳞似的天上；
像一页淡蓝的朵云笺，
上面涂了些僧怀素底
铁画银钩的草书。
丁香枝上豆大的蓓蕾，
包满了包不住的生意，
呆呆地望着辽阔的天宇，
盘算它明日底荣华——
仿佛一个出神的诗人

在空中编织未成的诗句。

春啊！明显的秘密哟！
神圣的魔术哟！

啊！我忘了我自己，春啊！
我要提起我全身的力气，
在你那绝妙的文章上
加进这丑笨的一句哟！

春之末章

被风惹恼了的粉蝶，
试了好几处底枝头，
总抱不大稳，率性就合开，
忽地不知飞向那里去了。
啊！大哲底梦身啊！
了无黏滞的达观者哟！

太轻狂了哦！杨花！
依然吩咐两丝黏住吧。
娇绿的坦张的荷钱啊！
不息地仰面朝上帝望着，
一心地默祷并且赞美他——
只要这样，总是这样，
开花结实底日子便快了。

一气的酣绿里忽露出
一角汉纹式的小红桥，
真红得快叫出来了！
小孩儿们也太好玩了啊！
镇日里蓝的白的衫子
骑满竹青石栏上垂钓。
他们的笑声有时竟脆得像
坍碎了一座琉璃宝塔一般。
小孩们总是这样好玩呢！

绿纱窗里筛出的琴声，

又是画家脑子里经营着的
一帧美人春睡图：
细熨的柔情，娇羞的倦致，
这般如此，忽即忽离，
啊！迷魂的律吕啊！

音乐家啊！垂钓的小孩啊！
我读完这春之宝笈底末章，
就交给你们永远管领着吧！

爱之神

——题画

啊！这么俊的一副眼睛——
两潭渊默的清波！
可怜孱弱的游泳者哟！
我告诉你回头就是岸了！

啊！那潭岸上的一带榛薮，
好分明的黛眉啊！
那鼻子，金字塔式的小邱，
恐怕就是情人底茔墓罢？

那里，不是两扇朱扉吗？
红得象樱桃一样，
扉内还露着编贝底屏风。
这里又不知安了什么陷阱！

啊！莫非是绮甸之乐园？
还是美底家宅，爱底祭坛？
呸！不是，都不是哦！
是死魔盘踞着的一座迷宫！

谢罪以后

朋友，怎样开始？这般结局？
“谁实为之？”是我情愿，是你心许？
朋友，开始结局之间，
演了一出浪漫的悲剧；
如今戏既演完了，
便将那一页撕了下去，
还剩下了一部历史，
恐十倍地庄严，百般地丰富，——
是更生底灵剂，乐园底基础！

朋友！让舞台上的经验，短短长长，
是恩爱，是仇雠，尽付与时间底游浪。
若教已放下来的绣幕，
永作隔断记忆的城墙；
台上的记忆尽可隔断，
但还有一篇未成的文章，
是在登台以前开始作的。
朋友！你为什么不让他继续添长，
完成一件整的艺术品？你试想想！

朋友！我们来勉强把悲伤葬着，
让我们的胸膛做了他的坟墓；
让忏悔蒸成湿雾，
糊湿了我们的眼睛也可；
但切莫把我们的心，
冷的变成石头一个，
让可怕的矜骄底刀子
在他上面磨成一面的锋，两面的锷。
朋友，知道成锋的刀有个代价么？

忏 悔

啊！浪漫的生活啊！
是写在水面上的个“爱”字，
一壁写着，一壁没了；
白搅动些痛苦底波轮。

黄　鸟

哦！森林的养子，
太空的血胤
不知名的野鸟儿啊！

黑缎底头帕，
蜜黄的羽衣，
镶着赤铜底喙爪——
啊！一只鲜明的火镞，
那样癫狂地射放，
射翻了肃静的天宇哦！

像一块雕镂的水晶，
艺术纵未完成，
却永映着上天底光彩——
这样便是他吐出的
那阕雅健的音乐呀！
啊！希腊式的雅健！

野心的鸟儿啊！
我知道你喉咙里的
太丰富的歌儿
快要噎死你了：
但是从容些吐着！
吐出那水晶的谐音，
造成艺术之宫，
让一个失路的灵魂
早安了家吧！

艺术底忠臣

原文

无数的人臣，仿佛真珠
攒在艺术之王底龙衮上，
一心同赞御容底光采；
其中只有济慈一个人
是群龙拱抱的一颗火珠，
光芒赛过一切的珠子。

诗人底诗人啊！
满朝底冠盖只算得
些艺术底名臣，
只有你一人是个忠臣。
“美即是真，真即美。”
我知道你那栋梁之材，
是单给这个真命天子用的；
别的分疆割据，属国偏安，
那里配得起你哟！
啊！“鞠躬尽瘁，死而后已”：
真个做了艺术底殉身者！
忠烈的亡魂啊！
你的名字没写在水上，①
但铸在圣朝底宝鼎上了！

注释

①水上见济慈底“Ode to a grecian urn。”济慈自撰的墓铭曰：“这儿有一个人底名字写在水上了！”——作者原注

初夏一夜底印象

——一九二二年五月直奉战争时

夕阳将诗人交付给烦闷的夜了，
叮咛道：“把你的秘密都吐给他吧！”

紫穹窿下洒着碎了的珠子——
诗人想：该穿成一串挂在死的胸前。

阴风底冷爪子刚扒过饿柳底枯发，
又将池里的灯影儿扭成几道金蛇。

贴在山腰下佝偻的可怕的老柏，
拿着黑瘦的拳头硬和太空挑衅。

失睡的蛙们此刻应该有些倦意了，
但依旧努力地叫着水国底军歌。

个个都吠得这般沉痛，村狗啊！
为什么总骂不破盗贼的胆子？

嚼火漱雾的毒龙在铁梯上爬着，
驮着灰色号衣的战争，吼的要哭了。

铜舌的报更的磬，屡次安慰世界，
请他放心睡去，……世界哪肯相信他哦！

上帝啊！眼看着宇宙糟蹋到这样，
可也有些寒心吗？仁慈的上帝哟！

诗　债

原文

小小的轻圆的诗句，
是些当一的制钱——
在情人底国中
贸易死亡底通宝。

爱啊！慷慨的债主啊！
不等我偿清诗债
就这么匆忙地去了，
怎样也挽留不住。

但是字串还没毁哟！
这永久的本钱，
仍然在我帐本上，
息上添息地繁衍。

若有一天你又回来，
爱啊！要做Shylock[①]吗？
就把我心上的肉，
和心一起割给你吧！

注释

①英文：夏洛克，莎士比亚的戏剧《威尼斯商人》中的主人公，放高利贷的犹太人。

红荷之魂 有序

盆莲饮雨初放，折了几枝，供在案头，又听侄辈读周茂叔底《爱莲说》，便不得不联想及于三千里外《荷花池畔》底诗人。赋此寄呈实秋，兼上景超及其他在西山的诸友。

太华玉井底神裔啊！
不必在污泥里久恋了。
这玉胆瓶里的寒浆有些冽骨吗？
那原是没有堕世的山泉哪！

高贤底文章啊！雏凤底律吕啊！
往古来今竟携了手来谀媚着你。
来吧！听听这蜜甜的赞美诗吧！
抱霞摇玉的仙花呀！
看着你的躯体，
我怎不想到你的灵魂？

灵魂啊！到底又是谁呢?
是千叶宝座上的如来，
还是丈余红瓣中的太乙呢?
是五老峰前的诗人，
还是洞庭湖畔的骚客呢?

红荷底魂啊！
爱美的诗人啊！
便稍许艳一点儿，
还不失为“君子”。
看那颗颗袒张的荷钱啊！
可敬的——向上底虔诚，
可爱的——圆满底个性。
花魂啊！佑他们充分地发育吧！

花魂啊，须提防着，
不要让菱芡藻荇底势力
蚕食了泽国底版图。

花魂啊！
要将崎岖的动底烟波，
织成灿烂的静底绣锦。
然后，
高蹈的鸬鹚啊！
热情的鸳鸯啊！
水国烟乡的顾客们啊！……
只欢迎你们来
逍遥着，偃卧着；

因为你们知道了
你们的义务。

别　后

啊！那不速的香吻，
没关心的柔词……
啊！热情献来的一切的贽礼，
当时都大意地抛弃了，
于今却变化记忆底干粮，
来充这旅途底饥饿。

可是，有时同样的馈仪，
当时珍重地接待了，抚宠了；
反在记忆之领土里，
刻下了生憎惹厌的痕迹。

啊！谁道不是变幻呢？
顷刻之间，热情与冷淡，
已经百度底乘除了。

谁道不是矛盾呢？
一般的香吻，一样的柔词，
才冷僵了骨髓，
又烧焦了纤维。
恶作剧的疟魔呀！
到底是谁遣你来的？
你在这一隙驹光之间，
竟教我更迭地
作了冰炭底化身！
恶作剧的疟魔哟！

精彩点拨

《青春》中诗人表达了他对新时代的期望。“神秘的生命，在绿嫩的树皮里膨胀着”象征着革命带来的勃勃生气即将孕育出生命；“他的目的在革新，并不在惩旧”《宇宙》中，诗人表达了自己的态度，革命应该眼望未来，不应该拘泥于过去；“我祝你黛发长青！又祝你朱颜长姣！同我们的爱万寿无疆”是诗人对未来世界的祝福。与此同时，诗人没有被阶段性的胜利冲晕头脑，“翠绿的芽”是“带着鞘子”的，鞘子就是刀鞘，说明诗人认为，虽然革命取得了阶段性的胜利，但是革命者仍不能放松警惕，仍需要时刻准备捍卫自己的革命成果；《谢罪之后》更是说“朋友，知道成锋的刀有个代价么？”代价是什么呢？自然是：“宝剑锋从磨砺出，梅花香自苦寒来”唯有经历过残酷的磨砺，新时代才能在强敌环伺的环境中站稳脚跟。

阅读积累

陆 游

陆游（公元1125年11月13日—公元1210年1月26日），字务观，号放翁，越州山阴（今绍兴）人，尚书右丞陆佃之孙，南宋文学家、史学家、爱国诗人。宋孝宗即位后，赐陆游进士出身，因坚持抗金遭主和派排斥。宋光宗继位后，升为礼部郎中兼实录院检讨官，不久因“嘲咏风月”罢官归居故里。嘉泰二年（1202年），入京主持编修孝宗、光宗《两朝实录》和《三朝史》，官至宝章阁待制。嘉定二年（1210年）去世，留绝笔《示儿》。陆游诗歌在艺术风格上，兼具现实主义特点，又有浪漫主义作风。陆游性格豪放，胸怀壮志，在诗歌风格上追求雄浑豪健而鄙弃纤巧细弱，形成了气势奔放、境界壮阔的诗风。陆游把在现实生活中无法实现的壮志豪情都倾泻在诗中，常常凭借幻境、梦境来一吐胸中的壮怀英气。陆游的梦境、幻境诗，飘逸奔放，被誉为“小李白”。然而对功名的热望和当权者的阻力之间有着无法克服的矛盾，严酷的现实环境给诗人心灵压上了无法摆脱的重负，因而陆游又崇尚杜甫，关怀现实，主张诗歌“工夫在诗外”，诗风又有近于杜甫的沉郁悲凉的一面。陆游诗歌语言平易晓畅，章法整饬谨严。陆游反对雕琢辞藻和追求奇险，诗歌语言“清空一气，明白如话”。赵翼曾评陆诗“看似奔放实则谨严”，刘克庄亦有“古人好对偶被放翁用尽”之叹。

孤雁篇

精彩导读

“雁”始终是中国传统诗歌中常出现的意象之一，鸿雁春去秋来，反复在迁徙，象征着辗转漂泊、居无定所的游子浪客；雁又是群居动物，往往是一群群集体行动，孤雁自然成了追逐群体的个体，也象征着孤独的人对回归群体的渴望。

《孤雁》创作于诗人留美期间，标题下引用的杜甫名句“天涯涕泪一身遥”深刻点明了主题：诗人的爱国情怀和对家乡、故人的思念，作者以“孤雁”为题，是想表达什么呢？

天涯涕泪一身遥。

——杜甫

孤　雁

不幸的失群的孤客！
谁教你抛弃了旧侣，
拆散了阵字，
流落到这水国底绝塞，
拼着寸磔的愁肠，
泣诉那无边的酸楚？

啊！从那浮云底密幕里，
迸出这样的哀音；
这样的痛苦！这样的热情！

孤寂的流落者！
不须叫喊得哟！

你那沉细的音波，
在这大海底惊雷里，
还不值得那涛头上
溅破的一粒浮沤呢。

可怜的孤魂啊！
更不须向天回首了。
天是一个无涯的秘密，
一幅蓝色的谜语，
太难了，不是你能猜破的。
也不须向海低头了。
这辱骂高天的恶汉，
他的咸卤的唾沫
不要渍湿了你的翅膀，
黏滞了你的行程！

流落的弧禽啊！
到底飞往哪里去呢？
那太平洋的彼岸，
可知道究竟有些什么？

啊！那里是苍鹰底领土——
那鸷悍的霸王啊！
他的锐利的指爪，
已撕破了自然底面目，
建筑起财力底窝巢。
那里只有铜筋铁骨的机械，
喝醉了弱者底鲜血，
吐出些罪恶底黑烟，
涂污我太空，闭熄了日月，
教你飞来不知方向，
息去又没地藏身啊！

流落的失群者啊！
到底要往哪里去？

随阳的鸟啊！
光明的追逐者啊！
不信那腥臊的屠场，
黑黯的烟灶，
竟能吸引你踪迹！

归来吧，失路的游魂！
归来参加你的伴侣，
补足他们的阵列！
他们正引着颈望你呢。

归来偃卧的霜染的芦林里，
那里有校猎的西风，
将茸毛似的芦花，
铺就了你的床褥，
来温暖起你的甜梦。

归来浮游在温柔的港溆里，
那里方是你的浴盆。
归来徘徊在浪砥的平沙上，
趁着溶银的月色，
婆娑着戏弄你的幽影。

归来罢，流落的孤禽！
与其尽在这水国底绝塞，
拼着寸磔的愁肠，
泣诉那无边的酸楚，
不如棹翅回身归去吧！

啊！但是这不由分说的狂飙
挟着我不息地前进；
我脚上又带着了一封书信，
我怎能抛却我的使命，
由着我的心性
回身棹翅归去来呢？

太平洋舟中见一明星

鲜艳的明星哪！——
太阴底嫡裔，
月儿同胞的小妹——
你是天仙吐出的玉唾，
溅在天边？
还是鲛人泣出的明珠，
被海涛淘起？

哦！我这被单调的浪声
摇睡了的灵魂，
昏昏睡了这么久，
毕竟被你唤醒了哦，
灿烂的宝灯啊！
我在昏沉的梦中，
你将我唤醒了，
我才知道我已离了故乡，
贬斥在情爱的边徼之外——
飘簸在海涛上的一枚钓饵。
你又唤醒了我的大梦——
梦外包着的一层梦！
生活呀！苍茫的生活呀！
也是波涛险阻的大海哟！
是情人底眼泪底波涛，
是壮士底血液底波涛。

鲜艳的星，光明的结晶啊！

生命之海中底灯塔！

照着我吧！照着我吧！

不要让我碰了礁滩！

不要许我越了航线；

我自要加进我的一勺温泪，

教这泪海更咸；

我自要倾出我的一腔热血，

教这血涛更鲜！

火 柴

这里都是君王底
樱桃艳嘴的小歌童：
有的唱出一颗灿烂的明星，
唱不出的，都拆成两片枯骨。

玄 思

在黄昏底沉默里，
从我这荒凉的脑子里，
常迸出些古怪的思想，
不伦不类的思想；

仿佛从一座古寺前的
尘封雨渍的钟楼里，
飞出一阵猜怯的蝙蝠，
非禽非兽的小怪物。

同野心的蝙蝠一样，
我的思想不肯只趴在地上，
却老在天空里兜圈子，
圆的，扁的，种种的圈子。

我这荒凉的脑子
在黄昏底沉默里，
常迸出些古怪的思想，
仿佛同蝙蝠一样。

我是一个流囚

我是个年壮力强的流囚，
我不知道我犯的是什么罪。

黄昏时候，
他们把我推出门外了，
幸福的朱扉已向我关上了，
金甲紫面的门神
举起宝剑来逐我：
我只得闯进缜密的黑暗，
犁着我的道路往前走。

忽地一座壮阁底飞檐，
像只大鹏底翅子
插在浮沤密布的天海上：
卍字格的窗棂里
泻出醺人的灯光，黄酒一般地酽；

哀宕淫热的笙歌，
被激愤的檀板催窘了，
螺旋似地锤进我的心房：
我的身子不觉轻去一半，
仿佛在那孔雀屏前跳舞了。

啊快乐——严懔的快乐——
抽出他的讥消底银刀，
把我刺醒了；
哎呀！我才知道——
我是快乐底罪人，

幸福之宫里逐出的流囚，
怎能在这里随便打溷呢？

走吧！再走上那没尽头的黑道吧！
唉！但是我受伤太厉害；
我的步子渐渐迟重了；
我的鲜红的生命，
渐渐染了脚下的枯草！

我是个年壮力强的流囚，
我不知道我犯的是什么罪。

寄怀实秋

泪绳捆住的红烛，
已被海风吹熄了；
跟着有一缕犹疑的轻烟，
左顾右盼，
不知往那里去好。
啊！解体的灵魂哟！
失路底悲哀哟！

在黑暗的严城里，
恐怖方施行他的高压政策：
诗人的尸肉在那里仓皇着，
仿佛一只丧家之犬呢。
莲蕊间酣睡着的恋人啊！
不要灭了你的纱灯：
几时珠箔银绦飘着过来，
可要借给我点燃我的残烛，
好在这阴城里面，
为我照一条道路。
烛又点燃了，
那时我便作个自然的流萤，
在深更底风露里，
还可以逍遥流荡着，
直到黎明！

莲蕊间酣睡着的骚人啊！
小心那成群打围的飞蛾，
不要灭了你的纱灯哦！

晴朝

一个迟笨的晴朝，
比年还现长得多，
像条懒洋洋的冻蛇，
从我的窗前爬过。

一阵淡青的烟云
偷着跨进了街心……
对面的一带朱楼
忽都被他咒入梦境。

栗色汽车像匹骄马
休息在老绿阴中，
瞅着他自身的黑影，
连动也不动一动。

傲霜的老健的榆树
伸出一只粗胳膊，
拿在窗前底日光里，
翻金弄绿，不奈乐何。
除了门外一个黑人
薙草，刮刮地响声渐远，
再没有一息声音——
和平布满了大自然。

和平蜷伏在人人心里；
但是在我的心内
若果也有和平底形迹，
那是一种和平底悲哀。

地球平稳地转着，

一切的都向朝日微笑；
我也不是不会笑，
泪珠儿却先滚出来了。

皎皎的白日啊！
将照遍了朱楼底四面；
永远照不进的——
游子底漆黑的心窝坎！

一个厌病的晴朝：
比年还过得慢，
像条负创的伤蛇，
爬过了我的窗前。

记 忆

记忆渍起苦恼的黑泪，
在生活底纸上写满蝇头细字；
生活底纸可以撕成碎片，
记忆底笔迹永无磨之时。

啊！友谊底悲剧，希望底挽歌，
情热底战史，罪恶底供状——
啊！不堪卒读的文词哦！
是记忆底亲手笔，悲哀底旧文章！

请弃绝了我吧，拯救了我吧！
智慧哟！勾引记忆底奸细！
若求忘却那悲哀的文章，
除非要你赦脱了你我的关系！

太阳吟

太阳啊，刺得我心痛的太阳！
又逼走了游子底一出还乡梦，
又加他十二个时辰底九曲回肠！

太阳啊，火一样烧着的太阳！
烘干了小草尖头底露水，
可烘得干游子底冷泪盈眶？

太阳啊，六龙骖驾的太阳！
省得我受这一天天底缓刑，
就把五年当一天跑完那又何妨？

太阳啊——神速的金乌——太阳！
让我骑着你每日绕行地球一周，
也便能天天望见一次家乡！

太阳啊，楼角新升的太阳！
不是刚从我们东方来的吗？
我的家乡此刻可都依然无恙？

太阳啊，我家乡来的太阳！
北京城里底宫柳裹上一身秋了吧？
唉！我也憔悴的同深秋一样！

太阳啊，奔波不息的太阳！
你也好像无家可归似的呢。
啊！你我的身世一样地不堪设想！

太阳啊，自强不息的太阳！
大宇宙许就是你的家乡吧。

可能指示我我底家乡底方向？

太阳啊，这不像我的山川，太阳！
这里的风云另带一般颜色，
这里鸟儿唱的调子格外凄凉。

太阳啊，生命之火底太阳！
但是谁不知你是球东半底情热，
同时又是球西半底智光？

太阳啊，也是我家乡底太阳！
此刻我回不了我往日的家乡，
便认你为家乡也还得失相偿。

太阳，慈光普照的太阳！
往后我看见你时，就当回家一次；
我的家乡不在地下乃在天上！

忆 菊①

——重阳前一日作

原 文

插在长颈的虾青瓷的瓶里，
六方的水晶瓶里的菊花，
钻在紫藤仙姑篮里的菊花；
守着酒壶的菊花，
陪着螯盏的菊花；
未放，将放，半放，盛放的菊花。

镶着金边的绛色的鸡爪菊；
粉红色的碎瓣的绣球菊！
懒慵慵的江西腊哟；
倒挂着一饼蜂窠似的黄心，
仿佛是朵紫的向日葵呢。

长瓣抱心，密瓣平顶的菊花；
柔艳的尖瓣攒蕊的白菊
如同美人底蜷着的手爪，
拳心里攫着一撮儿金粟。

檐前，阶下，篱畔，圃心的底菊花：
霭霭的淡烟笼着的菊花，
丝丝的疏雨洗着的菊花，——
金底黄，玉底白，春酿底绿，秋山底紫，……

剪秋萝似的小红菊花儿；

从鹅绒到古铜色的黄菊；
带紫茎的微绿色的“真菊”
是些小小的玉管儿缀成的，
为的是好让小花神儿
夜里偷去当了笙儿吹着。

大似牡丹的菊王到底奢豪些，
他的枣红色的瓣儿，铠甲似的，
张张都装上银白的里子了；
星星似的小菊花蕾儿
还拥着褐色的萼被睡着觉呢。

啊！自然美底总收成啊！
我们祖国之秋底杰作啊！
啊！东方底花，骚人逸士底花呀！
那东的诗魂陶元亮②
不是你的灵魂底化身吧？
那祖国底登高饮酒的重九
不又是你诞生底吉辰吗？

你不像这里的热欲的蔷薇，
那微贱的紫萝兰更比不你。
你是有历史有，有风俗的花。
啊！四千年的华胄底名花呀！
你有高超的历史，你有逸雅的风俗！

啊！诗人的花呀！我想起你，
我的心也开成顷刻之花，
灿烂的如同你的一样；
我想起你同我的家乡，
我们的庄严灿烂的祖国，

我的希望之花又开得同你一样。

习习的秋风啊！吹着，吹着！
我要赞美我祖国底花！
我要赞美我如花的祖国！
请将我的字吹成一簇鲜花，
金底黄，玉底白，春酿底绿，秋山底紫，……
然后又统统吹散，吹得落英缤纷，
弥漫了高天，铺遍了大地！

秋风啊！习习的秋风啊！
我要赞美我祖国底花！
我要赞美我如花的祖国！

注释

①此诗于1923年1月13日最初发表于《清华周刊》第267期文艺增刊第3期，诗末署："一九二二年十月二十七日美国芝城"，初发表时无副题。收入《红烛》时作了修改。

②陶元亮，即陶潜（365—427），一名陶渊明，字元亮，晋浔阳柴桑（今江西九江）人。东晋大诗人，平生爱菊，有"采菊东篱下，悠然见南山"之名句。

秋　色

芝加哥洁阁森公园里

诗情也似并刀快，
剪得秋光入卷来。

——陆游

原　文

紫得像葡萄似的涧水
翻起了一层层金色的鲤鱼鳞。

几片剪形的枫叶，
仿佛朱砂色的燕子，
颠斜地在水面上，
旋着，掠着，翻着，低昂着……

肥厚得熊掌似的
棕黄色的大橡叶，
在绿茵上狼藉着。

松鼠们张张慌慌地
在叶间爬出爬进，
搜猎着他们来冬底粮食。
成了年的栗叶
向西风抱怨了一夜，
终于得了自由，
红着干燥的脸儿，
笑嘻嘻地辞了故枝。

白鸽子，花鸽子，
红眼的银灰色的鸽子，
乌鸦似的黑鸽子，
背上闪着紫的绿的金光——
倦飞的众鸽子在阶下集齐了，
都将喙子插在翅膀里，
寂静悄静地打盹了。

水似的空气泛滥了宇宙；
三五个活泼的小孩，
（披着橘红的黄的黑的毛绒衫）
在丁香丛里穿着，
好像戏着浮萍的金鱼儿呢。

是黄浦江上林立的帆樯？
这数不清的削瘦的白杨
只竖在石青的天空里发呆。

倜傥的绿杨像位豪贵的公子，
裹着件平金的绣蟒，
一只手叉着腰身，
照着心烦的碧玉池，
玩媚着自身的模样儿。

凭在十二曲的水晶栏上，
晨曦瞰着世界微笑了，
笑出金子来了——
黄金笑在槐树上，
赤金笑在橡树上，
白金笑在白松皮上。

哦，这些树不是树了！
是些绚缦的祥云——
琥珀的云，玛瑙的云，
灵风扇着，旭日射着的云。
哦！这些树不树了，
是百宝玲珑的祥云。

哦，这些树不是树了，
是紫禁城里的宫阙——
黄的琉璃瓦，
绿的琉璃瓦；
楼上起楼，阁外架阁……
小鸟唱着银声的歌儿，
是殿角的风铃底共鸣。
哦！这些树不是树了，
是金碧辉煌的帝京。

啊！斑斓的秋树啊！
陵阳公①样的瑞锦，
土耳其底地毡，
Notre Dame②底蔷薇窗，
Fra AngeLico③底天使画，
都不及你这色彩鲜明哦！

啊！斑斓的秋树啊！
我羡煞你们这浪漫的世界，
这波希米亚的生活！
我羡煞你们的色彩！

哦！我要请天孙④织件绵袍，
给我穿着你的色彩！

我要从葡萄，橘子，高粱……里
把你榨出来，喝着你的色彩！
我要借义山⑤济慈底诗
唱着你的色彩！
在蒲寄尼底La Boheme⑥里，
在七宝烧的博山炉里，
我还要听着你的色彩，
嗅着你的色彩！

哦！我要过这个色彩的生活，
和这斑斓的秋树一般！

注释

①陵阳公，古代传说中的仙人陵阳子明。

②巴黎圣母教堂。

③安哲里柯（1387 —1455），意大利文艺复兴初期的著名宗教画家。他的《受胎告知》一画的天使生动异常。

④天孙，星名，即织女星。

⑤义山，即李商隐（813—858），字义山，号玉谿生，唐代杰出诗人。

⑥《波希米亚》，歌剧名。意大利音乐家蒲寄尼作曲。

秋之末日

和西风酗了一夜的酒，
醉得颠头跌脑，
洒了金子扯了锦绣，
还呼呼地吼个不休。

奢豪的伙，自然底浪子哦！
春夏辛苦了半年，
能有多光的积蓄，
来供你这般地挥霍呢？
如今该要破产了吧！

秋深了

秋深了，人病了。
人敌不住秋了；
整日佣着件大氅，
象只煨灶的猫，
蜷在椅上摇……摇……摇……
想着祖国，
想着家庭，
想着母校，
想着故人，
想着不胜想，不堪想的胜境良朝。

春底荣华逝了，
夏底荣华逝了；
秋在对面嵌白框窗子的
金字塔似的木板房子檐下，
抱着香黄色的破头帕，
追想春夏已逝的荣华；
想的伤心时，
飒飒地洒下几点黄金泪。
啊！秋是追想底时期！
秋是堕泪底时期！

废 园

一只落魄的蜜蜂，
像个沿门托钵的病僧，
游到被秋雨踢倒了的
一堆烂纸似的鸡冠花上，
闻了一闻，马上飞走了，

啊！零落底悲哀哟！
是蜂底悲哀？是花底悲哀？

小　溪

铅灰色的树影，
是一长篇恶梦，
横压在昏睡着的
小溪底胸膛上。
小溪挣扎着，挣扎着……
似乎毫无一点影响。

梦　者

假如那绿晶晶的鬼火
是墓中人底
梦里迸出的星光，
那我也不怕死了！

稚 松

他在夕阳底红纱灯笼下站着，

他扭着颈子望着你，

他散开藏着金色圆眼的，

海绿色的花翎——一层层的花翎。

他像是金谷园里的

一只开屏的孔雀吧？

烂 果

我的肉早被黑虫子咬烂了。
我睡在冷辣的青苔上，
索性让烂的越加烂了，
只等烂穿了我的核甲，
烂破了我的监牢，
我的幽闭的灵魂
便穿着豆绿的背心，
笑眯眯地要跳出来了！

色 彩

生命是张没价值的白纸，
自从绿给了我发展，
红给了我情热，
黄教我以忠义，
蓝教我以高洁，
粉红赐我以希望，
灰白赠我以悲哀；
再完成这帧彩图，
黑还要加我以死。
从此以后，
我便溺爱于我的生命，
因为我爱他的色彩。

精彩点拨

“不幸的失群的孤客！谁叫你抛弃了旧侣，拆散了阵字，流落到这水国底绝塞……”诗人在1922年夏天赴美留学，抛下了新婚的妻子，一个人踏上求学之旅，长久的旅居生活让他的内心对回到家乡无比渴望；“那太平洋的彼岸，可知道究竟有些什么？”“啊！那里是苍鹰底领土——那鸷悍的霸王啊……那里只有钢筋铁骨的机械，喝醉了弱者底鲜血，吐出些罪恶底黑烟，涂污了我太空，闭熄了日月……”见过资本主义底层人民生活的悲惨，见到过资本家们丑恶的嘴脸，诗人在诗中尽情控诉着资本主义的罪恶，对这个吸血的魔鬼口诛笔伐，但也因此，诗人更加坚定了自己的革命信念。

阅读积累

陶渊明

陶渊明（352或365—427年），字元亮，又名潜，世称靖节先生，私谥靖节，世称靖节先生，浔阳柴桑（今江西九江）人，东晋著名诗人、辞赋家、散文家，被誉为“隐逸诗人之宗”“田园诗派之鼻祖”，江西首位文学巨匠。其主要作品有《饮酒》《桃花源记》《归去来兮辞》《五柳先生传》等。陶渊明作品共传世诗125首，文12篇，被后人编为《陶渊明集》。元嘉四年（公元427年），渊明卒于浔阳不为五斗米折腰陶渊明为了养家糊口，来到离家乡不远的彭泽当县令。在那年冬天，郡的太守派出一名督邮，到彭泽县来督察。督邮，品位很低，却有些权势，在太守面前说话好坏就凭他那张嘴。这次派来的督邮，是个粗俗而又傲慢的人，他一到彭泽的旅舍，就差县吏去叫县令来见他。陶渊明平时蔑视功名富贵，不肯趋炎附势，对这种假借上司名义发号施令的人很瞧不起，但也不得不去见一见，于是他马上动身。不料县吏拦住陶渊明说：“大人，参见督邮要穿官服，并且束上大带，不然有失体统，督邮要乘机大做文章，会对大人不利的！”这一下，陶渊明再也忍受不下去了。他长叹一声，道：“我不能为五斗米向乡里小人折腰！”说罢，索性取出官印，把它封好，并且马上写了一封辞职信，随即离开只当了八十多天的彭泽县县令。

红豆篇

精彩导读

《红豆》是闻一多著名的爱情组诗，均系诗人献给远在大洋对岸的新婚妻子高孝贞（真）的作品。有这样一个传说，说诗人与新婚妻子分别时立下誓约，远涉重洋赴美后，每到一个地方，就给她写一封信。我们来阅读分析下闻一多先生的爱情诗有哪些与众不同的地方……

此物最相思。

——王维

红　豆

一

红豆似的相思啊！
一粒粒的
坠进生命底磁坛里了……
听他跳激底音声，
这般凄楚！
这般清切！

二

相思着了火，
有泪雨洒着，
还烧得好一点，
最难禁的，
是突如其来，

赶不及哭的千里相思。

三

意识在时间底路上旅行：
每逢插起一杆红旗之处，
那便是——
相思设下的关卡，
挡住行人，
勒索路捐的。

四

袅袅的篆烟啊！
是古丽的文章，
淡写相思底诗句。

五

比方有一屑月光，
偷来匍匐在你枕上，
刺着你的倦眼，
撩得你整夜不着，
你讨厌他不？
那么这样便是相思了！

六

相思是不作声的蚊子，
偷偷地咬了一口，
陡然痛了一下，
以后便是一阵的奇痒。

七

我的心是个没设防的空城，

半夜里忽被相思袭击了，
我的心旌
只是一片倒降；
我只盼望——
他恣情屠烧一回就去了；
谁知他竟永远占据着，
建设起宫墙来了呢？

八

有两样东西，
我总想撇开，
却又总舍不得：
我的生命，
同为了爱人儿的相思。

九

爱人啊！
将我作经线，
你作纬线，
命运织就了我们的婚姻之锦；
但是一帧回文锦哦！
横看是相思，
直看是相思，
顺看是相思，
倒看是相思，
斜看正看都是相思，
怎样看也看不出团栾二字。

一〇

我俩是一体了！
我们的结合，

至少也和地球一般圆满。
但你是东半球，
我是西半球，
我们又自己放着眼泪，
做成了这苍莽的太平洋，
隔断了我们自己。

一一

相思枕上的长夜，
怎样的厌厌难尽啊！
但这才是岁岁年年中之一夜，
大海里的一个波涛。
爱人啊！
叫我又怎样泅过这时间之海？

一二

我们有一天
相见接吻时，
若是我没小心，
掉出一滴苦泪，
渍痛了你的粉颊，
你可不要惊讶！
那里有多少年底
生了锈的情热底成分啊！

一三

我到底是个男子！
我们将来见面时，
我能你哭完了，
马上又对你笑。
你却不必如此；

你可以仰面望着我，
像一朵湿蔷薇，
在霁后的斜阳里，
慢慢儿晒干你的眼泪。

一四

我把这些诗寄给你了，
这些字你若不全认识，
那也不要紧。
你可以用手指
轻轻摩着他们，
像医生按着病人的脉，
你许可以试出
他们紧张跳着，
同你心跳底节奏一般。

一五

古怪的爱人儿啊！
我梦时看见的你
是背面的。

一六

在雪黯风骄的严冬里，
忽然出了一颗红日；
在心灰意冷的情绪里，
忽然起一阵相思——
这都是我没料定的。

一七

讨诗债的债主，
果然回来了！

我先不妨
倾了我的家资还着。
到底实在还不清了，
再剜出我的心头肉，
同心一起付给他罢。

一八

我昼夜唱着相思底歌儿。
他们说我唱得形容憔悴了，
我将浪费了我的生命。
相思啊！
我颂了你吗？
我是吐尽明丝的蚕儿，
死是我的休息；
我诅了你吗？
我是吐出毒剑的蜂儿，
死是我的刑罚。

一九

我是只惊弓的断雁，
我的嘴要叫着你，
又要衔着芦苇，
保障着我的生命。
我真狼狈哟！

二〇

扑不灭的相思，
莫非是生命原上底野烧？
株株小草底绿意，
都要被他烧焦了啊！

二一

深夜若是一口池塘，
这飘在他的黛漪上的
淡的的小菱花儿，
便是相思底花儿了，
哦！他结成青的，血青的，
有尖角的果子了！

二二

我们的春又回来了，
我搜尽我的诗句，
忙写着红纸的宜春帖，
我也不妨就便写张
“百无禁忌。”
从此我若失错触了忌讳，
我们都不必介意罢！

二三

我们是两片浮萍：
从我们聚散底速率，
同距离远度，
可以看出风儿底缓急，
浪儿的大小。

二四

我们是鞭丝抽拢的伙伴，
我们是鞭丝抽散的离侣。
万能的鞭丝啊！
叫我们赞颂吗？
还是诅咒呢？

二五

我们弱者是鱼肉；
我们曾被求福者
重看了盛在笾豆里，
供在礼教的龛前。
我们多么荣耀啊！

二六

你明白了吗？
我们是照着客们吃喜酒的
一对红蜡烛；
我们站在桌子的
两斜对角上，
悄悄地烧着我们的生命，
给他们凑热闹。
他们吃完了，
我们的生命也烧尽了。

二七

若是我的话
讲得太多，
讲到末尾，
便胡讲一阵了，
请你只当我灶上的烟囱：
口里虽勃勃地吐着黑灰，
心里依旧是红热的。

二八

这算他圆满底三绝罢！——
莲子，
泪珠儿，

我们的婚姻。

二九

这一滴红泪:
不是别后的清愁,
却是聚前的炎痛。

三〇

他们削破了我的皮肉,
冒着险将伊的枝儿
强蛮地插在我的茎上。
如今我虽带着瘿肿的疤痕,
却开出从来没开过的花儿了。
他们是怎样狠心的聪明啊!
但每回我瞟出看花的人们
上下抛着眼珠儿,
打量着我的茎儿时,
我的脸就红了!

三一

哦,脑子啊!
刻着虫书鸟篆的
一块妖魔的石头,
是我的佩刀底砺石,
也是我爱河里的礁石,
爱人儿啊!
这又是我俩之间的界石!

三二

幽冷的星儿啊!
这般零乱的一团!

爱人儿啊！
我们的命运，
都摆布在这里了！

三三

冬天底长夜，
好不容易等到天明了，
这是一块冷冰冰的，
铅灰色的天宇，
那里看得见太阳呢？
爱人啊！哭吧！哭吧！
这便是我们的将来哟！

三四

我是狂怒的海神，
你是被我捕着的一叶轻舟。
我的情潮一起一落之间，
我笑着看你颠簸；
我的千百个涛头
用白晃晃的锯齿咬你，
把你咬碎了，
便和樯带舵吞了下去。

三五

夜鹰号咷地叫着；
北风拍着门环，
撕着窗纸，
撞着墙壁，
掀着屋瓦，
非闯进来不可。
红烛只不息地淌着血泪，

凝成大堆赤色的石钟乳，
爱人啊！你在哪里？
快来剪去那乌云似的烛花，
快窝着你的素手
遮护着这抖颤的烛焰！
爱人啊！你在哪里？

三六

当我告诉你们：
我曾在玉箫牙板，
一派悠扬的细乐里，
亲手掀起了伊的红盖帕；
我曾着着银烛，
一壁撷着伊的凤钗，
一壁在伊耳边问道：
“认得我吗？”
朋友们啊！
当你们听我讲这些故事时，
我又在你们的笑容里，
认出了你们私心的艳羡。

三七

这比我的新人，
谁个温柔？
从炉面镂空的双喜字间，
吐出了一线蜿蜒的香篆。

三八

你午睡醒来，
脸上印着红凹的簟纹，
怕是链子锁着的

梦魂儿吧？
我吻着你的香腮
便吻着你的梦儿了。

三九

我若替伊画像，
我不许一点人工产物
污秽了伊的玉体。
我并不是用画家底肉眼，
在一套曲线里看伊的美；
但我要描出我常梦着的伊——
一个通灵澈洁的裸体的天使！
所以为免除误会起见，
我还要叫伊这两肩上
生出一双翅膀来。
若有人还不明白，
便把伊错认作一只彩凤，
那倒没什么不可。

四〇

假如黄昏时分，
忽来了一阵雷电交加的风暴，
不须怕得呀，爱人！
我将紧拉着你的手，
到窗口并肩坐下，
我们一句话也不要讲，
我们只凝视着
我们自己的爱力
在天边碰着，
碰出金箭似的光芒，
炫瞎我们自己的眼睛。

四一

有酸的，有甜的，有若的，有辣的。
豆子都是红色的，
味道却不同了。
辣的先让礼教尝尝！
苦的我们分着囫囵地吞下。
酸的酸得像梅子一般，
不妨细嚼着止止我们的渴。
甜的呢！
啊！甜的红豆都分送给邻家作种子吧！

四二

我唱过了各样的歌儿，
单单忘记了你。
但我的歌儿该当越唱越新，越美。
这些最后唱的最美的歌儿。
　　一字一颗明珠，
　　一字一颗热泪，
我的皇后啊！
这些算了我赎罪底菲仪，
这些我跪着捧献给你。

精彩点拨

闻一多的婚姻是娃娃亲，包办婚姻。他新婚不久去美国留学。闻一多一路情书不绝，但信却被闻一多的父亲“截获”了。长辈深恐儿女情长会严重影响他的学业，于是将信件一一没收。闻一多经常不见回音，觉得忍无可忍，就在信中大发雷霆：“你死啦！不给我回信！”这时，妻子才实情相告。至此，闻一多的相思之情便更加炽烈了。1923 年寒假，家信告知，他与妻子的第一个孩子就要出世了，闻一多得讯后，感慨万端。几天几夜下来留下了我们现在的四十二首爱情诗。从总体上看，它兼有现代爱情诗与传统“寄内”的一些特征，侧重于抒情者自我的抒怀，也并不着意表现爱情历程中的风风雨雨。

阅读积累

王　维

王维（701 年—761 年，一说 699 年—761 年），字摩诘，号摩诘居士，河东蒲州（今山西运城）人，祖籍山西祁县。唐朝著名诗人、画家，与孟浩然合称“王孟”，有“诗佛”之称。王维于开元十九年（731 年）状元及第。历官右拾遗、监察御史、河西节度使判官。王维参禅悟理，学庄信道，精通诗、书、画、音乐等，以诗名盛于开元、天宝间，多咏山水田园。

王维诗境：王维的山水诗关于结构画面，使其层次丰富，远近相宣，乃至动静相兼，声色俱佳，更多一层动感和音乐美，如“松含风里声，花对池中影”（《林园即事寄舍弟》）“万壑树参天，千山响杜鹃。山中一夜雨，树杪百重泉。”（《送梓州李使君》“郡邑浮前浦，波澜动远空。”（汉江临眺）“草间蛩响临秋急，山里蝉声落暮悲。（《早秋山中作》）又如《山居秋暝》；空山新雨后，天气晚来秋。明月松间照，清泉石上流。竹喧归浣女，莲动下渔舟。随意春芳歇，王孙自可留。有远景近景，仰视俯视，冷色暖色，人声水声，把绘画美、音乐美与诗歌美充分地结合起来。王维的画境，具有清淡静谧的人性特征。如《竹里馆》；独坐幽篁里，弹琴复长啸，深林人不知，明月来相照。幽静的竹林，皎洁的月光，让诗人不禁豪气大发，仰天长啸，一吐胸中郁闷。而千思万绪，竟只有明月相知。神韵的淡远，是王维诗中画境的灵魂。《鹿柴》云：“空山不见人，但闻人语响，返景入深林，复照青苔上。”诗中着意描写了作者独处于空山深林，看到一束夕阳的斜晖，透过密林的空隙，洒在林中的青苔上，在博大纷繁的自然景物中，诗人捕捉到最引人入胜的一瞬间，有简淡的笔墨，细致入微地给出一幅寂静幽清的画卷，意趣悠远，令人神往。

情景交融，浑然天成：王维山水诗写景如画，在写景的同时，不少诗作也饱含浓情。王维的很多山水诗充满了浓厚的乡土气息和生活情趣，表现自己的闲适生活和恬静心情。如《田园乐七首》其六曰：“桃红复言宿雨，柳绿更带青烟。花落家僮未扫，莺啼山客犹眠。”《辋川闲居赠裴秀才迪》目：“寒山转苔翠，秋水日潺湲。倚杖柴门外，临风听暮蝉。渡头余落日，墟里上孤烟。复值接舆醉，狂歌五柳前。”在优美的景色和浓厚的田园气氛中抒发自己冲淡闲散的心情。还有如《渭川田家》：“斜光照墟落，穷巷牛羊归。野老念牧童，倚杖候荆扉。雉雊麦苗秀，蚕眠桑叶稀。田夫荷锄至，相见语依依。即此羡闲逸，怅然吟《式微》。”从细微处入笔，捕捉典型情节，抒发无限深情。

大江

精彩导读

《大江》收录闻一多的有关爱国主义主题的诗歌《园内》《渔阳曲》《醒呀》《七子之歌》等14首诗，诗集创作时，诗人已经回国，回到了他心心念念的土地，他对这片土地深沉的爱也如火山喷发般爆发出来，让我们一起领略作者的一片赤诚之心吧。

园内

原文

序曲

你开始唱着园内之“昨日”，
请唱得像玉杯跌得粉碎，
血色的酒浆溅污了满地，
然后模拟掌中的细沙
从指缝之间溜出的声响。

你若唱到园内之“今日”，
当唱得像似一溪活水，
在旭日光中淙淙流去；
或如塾里总角的学童，
走珠似地背诵他的课本。

你若会唱园内之“明日”，
你当想起我们紫白的校旗，
你便唱出旗飘舞底节奏；
最末，避席起立，额手致敬，
你又须唱得像军乐交鸣。

一

寂寥封锁在园内了，
风扇不开的寂寥，
水流不破的寂寥。
麻雀呀！叫呀，叫呀！
放出你那箭镝似的音调，
射破这坚固的寂寥！
但是雀儿终于叫不出来，
寂寥还封锁在园内。

在这沉闷的寂寥里，
雨水泡着的朱扉，
才剩下些银红的霞晕，
雨水洗尽了昨日的光荣。
在这沉闷的寂寥里，
金黄釉的琉璃瓦
是条死龙的残鳞败甲，
飘零在四方上下。

在这阴霾的寂寥里，
大理石、云母石、青琅、汉白玉，
龟坼的阶墀、矢折的栏柱……
纵横地卧在蓬蒿丛里，
像是曝在沙场上的战骨。
在这悲酸的寂寥里，
长发的柳树还像宫妃，
瞰在胶凝的池边饮泣，饮泣……
半醒的蜗牛在败壁上
拖出了颠斜错杂的篆文，
仿佛一页写错了的历史。

在这恐怖的寂寥里，

瘠的月儿常挂在松枝上，
像煞一个缢死的僵尸；
在这恐怖的寂寥里，
疯魔的月儿在松枝上缢死。

在这无聊的寂寥里，
坍碎了的王宫变成一座土地庙[①]；
颤怯的农夫鬼物似的，
悄悄地溜进园来，
悄悄地烧了香，磕了头，
又悄悄的溜出园去……
寂寥又封锁在园内了。

寂寥封锁在园内了；
风扇不开的寂寥，
水流不破的寂寥……
一切都是沉闷阴霾，
一切都是悲酸恐怖，
一切都是百无聊赖。

二

好了！新生命胎动了！
寂寥的园内生了瑞芝，
紫的灵芝，白的灵芝，
妆点了神秘的芜园。
灵芝生了，新生命来了！

好了，活泼泼的少年
摩肩接踵地挤进园来了。
饿着脑筋，烧着心血，
紧张着肌肉的少年，
从长城东头，穿过山海关，

裹着件大氅，跑进来了；
从长城西尾，穿过潼关，
坐在驴车里拉进园来了。

从三峡底湍流里救出的少年，
病恹恹地踱进园里来了，
漂过了南海，漂过了东海，
漂过了黄海，漂过了渤海的少年，
摇着团罗扇，闯进园里来了；
风流倜傥的少年，
碧衫儿荡着西湖底波色，
翩翩然飘进园来了。

少年们来了，灵芝生满园内，
一切只是新鲜，一切只是明媚，
一切只是希望，一切只是努力，
灵芝不断地在园内茁放，
少年们不断地在园内努力。

三

于是曙色烘醒了东方，
好像浸渐明晰的思想。
晨鸡叫了，晨星没了
太阳翻身起来了——
金光镀在紫铜盖的穹窿上，
金光燃在龙鳞似的琉璃瓦上，
金光洒在战巍巍的松枝上，
金光描在高楼顶的旗杆上，
金光吻在少年底桃颊上。

少年在太阳的跸道之旁，
瞻望六龙挽着的云耕发轫，

仿佛诚惶诚恐的村童，
遥望着帝王的法驾西幸，
无限的敬仰，无限的欣羡，
充满了他那蒙稚的心灵。

早起的少年危立在假石山上，
红荷招展在他脚底，
旭日灿烂在他头上，
早起的少年对着新生的太阳
如同对着他的严师，
背诵庄周屈子底鸿文，
背诵沙翁弥氏底巨制。

万籁无声，宇宙在敛息倾听，
驯雀飞下平地来倾听，
金鱼浮上池面来倾听——
少年对着新生的太阳，
背诵着他的生命底课本。

啊！“自强不息”[②]的少年啊！
谁是你的严师！
若非这新生的太阳？

四

于是夕阳涨破了西方，
赤血喋染了宇宙——
不是赔偿罪恶的代价，
乃是生命澎胀之溢流。

赤血喋染了宇宙，
细草伸出舌尖舐着赤血，
绿杨散开乱发沐着赤血。

喷水池抛开螺钿镶的银链，
吼着要锁住窜游的夕阳；
夕阳跌倒在喷水池中，
池中是一盆鲜明的赤血。

红砖上更红的爬墙虎，
紫茎里迸出赤叶的爬墙虎，
仿佛是些血管胀破了，
迸出了满墙的红血斑。

赤血澎胀了夕阳的宇宙，
赤血澎胀了少年的血管。
少年们在广场上游戏，
球丸在太空里飞腾，
像是九天上跳踉的巨灵，
戏弄着熄了的太阳一样。

少年们踢着熄了的太阳，
少年们抛着熄了的太阳，
少年们顶着熄了的太阳，
少年们抱着熄了的太阳；
生命膨胀了少年的血管，
少年们在戏弄熄了的太阳。
夕阳里喧呼着的少年们，
赤铜铸的筋骨，
赤铜铸的精神，
在戏弄熄了的太阳。

五

于是月儿窥进了东园，
宇宙被清光浸满，
宇宙晶凉的海水一般。

宇宙变了清光之海——
银波进入了窗棂，
银波泛滥了庭院，
银波弥漫了大自然，
宇宙沉沦在海底里。

那里有杨柳？那里有松柏？
这水似的晶蓝的空气中，
只有些曼舞的海藻，
只有些鹄立的铁珊瑚，
拱抱着巍峨的大礼堂，
龙宫似的庄严灿烂。

龙宫底闾阖是黄金锤出的，
龙宫底楹柱是白玉雕成的。
哦，莫不是水国的仙人——
这清空灵幻的少年
飘摇在龙宫之东，龙宫之西，
那雍容闲雅的少年
躅踯在龙宫之南，龙宫之北？

少年浮游在海底在，
浮游在清光之海底在；
清光浸入少年底心里，
清光洗在少年底身外。
涤尽浊垢，饮人清光，
少年便是清光之海。

听啊！那里来的歌声？
莫非就是泣珠的鲛人——
莫非是深深海底的鲛人，
坐在紫黑的巉石龛下，
一壁织着愁思之绡，

一壁唱着缠绵之歌？
啊！如此缠绵的歌声，
唱得海水底晶波战栗，
唱得海树底枝叶飕飗，
唱得少年不能仰首，
唱醒了少年底杳恨冥愁。

少年听了缠绵的歌声，
唤起甜蜜的神圣的绝望，
或是热烘烘的玄秘的隐忧，
一种没由来，没目的，
一知半解的少年愁——
为了茫茫的大千宇宙？
为了滔滔的洪水猛兽？
为了闸不住的情绪之流？
还是抛不下锚的生命之舟？

六

于是月儿愈渐躲入了西园，
楼房的暗影愈渐伸张弥漫，
列着鹅颧阵的暗影转战而前，
终于占领了凄凉的庭院。

院中垂头丧气的花木，
是被黑暗拘囚的俘虏；
锁在檐下的紫丁香，
锁在墙脚的迎春柳，
含着露珠儿，含着泪珠儿，
莫不是牛衣对泣的楚囚？

画角哀哀地叫了！
悲壮的画角在黑暗里狂吠，

好像激昂的更犬吠着盗贼；
锐利的角在空中咬着，
咬破了黑暗底魔术，
咬破了少年底美梦，
少年们揎开美梦，跳起榻床，
少年们已和黑暗宣战了。

哦！静夜的角声如何哭了？
将少年底心脏哭融了，
五百个战士底心脏融成一个。

楼上点着蜡烛，
楼下点着蜡烛，
少年们正在会议，
少年们正在努力。
三旗营底铜磬报尽了五更，
报道黑暗底行程将尽，
少年们啊！再点上一枝蜡烛，
便撑持过了这黑暗的末路！
曙光回了，新生命又来了！
一切又是新鲜，明媚，
一切又是希望，努力。
饿的脑筋，烧着心血，
紧张着肌肉的少年们，
凭着希望造出了希望；
活泼泼的少年们，
又在园内不断地努力。

七

然后有一天园内的昨日，
隐入了蒙昧的历史，
园内的今日取代了昨日。
然后风云扰攘的天宇

终竟澈体澄清了……
雍穆的蔚蓝临照了一切。
无垠的蔚蓝的天宇
衬出了金碧辉煌的楼阁。

焕丽雄伟的楼阁
像似皇宫帝阙一般——
蓬莱的晓钟鸣了，
文武的千官，戎狄的臣侄，
群在崔嵬的紫宸殿下，
膜拜着文献之王。

肃静森严的楼阁
又似佛寺梵宇一般——
上方的暮磬响了，
意志猛似龙象的僧侣们，
群在理智之佛像前，
焚着虔诚的香火。

哦，文献底宫殿啊！
哦，理智底寺观啊！
矗峙在蔚蓝的天宇中，
你是东方华胄的学府！
你是世界文化的盟坛！

八

飘啊！紫白参半的旗哟！
飘啊！化作云气飘摇着！
白云扶着的紫气哟！
氤氲在这“水木清华”的景物上，
好让这里万人底眼望着你，
好让这里万人底心向着你！

这里万人还在猛烈的工作，
像园内的苍松一般工作，
伸出他们的理智的根爪，
挖烂了大地底肌腠，
撕裂了大地底骨骼。
将大地底神髓吸取，
好向中天的红日泄吐。

这里万人还在静默地工作，
像园外的西山一般工作，
静默地滋育了草木，
静默地迸溢了温泉，
静默地驮负了浮图御苑；
春夏他沐着雨露底膏泽，
秋冬他戴着霜雪底伤痕，
但他总是在静默中工作。

这里努力工作的万人，
并不像西方式的机械，
在齿轮绾着小齿轮，
全无意识地转动，
全无目的地转动。
但只为他们的理想工作，
为他们四千年来的理想，
古圣先贤的遗训，努力工作。

云气氤氲的校旗呀！
你在百尺高楼上飘摇着，
近瞩京师，远望长城，
你临照着旧中华底脊骸，
你临照着新中华底心脏。
啊！展开那四千年文化底历史，
警醒万人，启示万人，

赐给他们灵感，赐给他们精神！

云气氤氲的校旗呀！
在东西文化交锋之时，
你又是万人底军旗！
万人肉袒负荆底时间过了，
万人卧薪尝胆底时期过了，
万人要为四千年底文化
与强权霸术决一雌雄！

云气氤氲的校旗呀！
你便是东来的紫气，
你飘出函谷关，向西迈往，③
你将挟着我们圣人底灵魂，
弥漫了西土，弥漫了全球！
飘呀！紫白参半的旗呀！
飘呀！化作云气飘摇着！
白云扶着的紫气呀！
氤氲在这“水木清华”的景物上，
莫使这里万人忘了你的意义！
莫使这里万人忘了你的意义！

1923年3月16日二稿

（1923年4月《清华生活》清华十二周年纪念号）

注释

①今中等科之东，旧有上地庙一所。关于清华学校以前的清华园，请参看《十周年纪念增刊》。——作者原注

②不要忘记了这是本校的校箴。——作者原注

③关令尹登楼见东极有紫气西迈，喜曰，应有圣人过京邑。至期，果见老子。杜工部诗“东来紫气满函关”，正用此事。此处所谓“圣人底灵魂”，即指老子。——作者原注

渔阳曲

白日底光芒照射着朱梦，
丹墀上默跪着双双的桐影。
宴饮的宾客坐满了西厢，
高堂上虎踞着他们的主人，
高堂上虎踞着威严的主人。
　　丁东，丁东，
　沉默弥漫了堂中，
　　又一个鼓手，
　　在堂前奏弄，
　这鼓声众不同。
　　丁东，丁东，
　听！你可听得懂？
　听！你可听得懂？

钱玳玉碟——尝不遍燕脯龙肝，
鸬鹚勺子泻着美酒如泉……
杯盘的交响闹成铿锵一片，
笑容堆皱在主人底满脸——
啊，笑容堆皱了主人的满脸。
　　丁东，丁东，
　这鼓声与众不同——
　　它清如鹤唳，
　　它细似吟蛩；
　这鼓声与众不同。
　　丁东，丁东，
　听！你可听得懂？
　听！你可听得懂？

你看这鼓手他不像是凡夫，
他儒冠儒服，定然腹有诗书；

他宜乎调度着更幽雅的音乐，
粗笨的鼓棰不是他的工具，
这双鼓棰不是这手中的工具！
　　丁东，丁东，
　这鼓声与众不同——一
　　像寒泉注涧，
　　像雨打枯桐；
　这鼓声与众不同。
　　丁东，丁东，
　听！你可听得懂？
　听！你可听得懂？

你看他敲着灵鼍鼓，两眼朝天，
你看他在庭前绕着一道长弧线，
然后徐徐地步上了阶梯，
一步一声鼓，越打越酣然——
啊，声声的坠鼓，越打越酣然。
　　丁东，丁东，
　这鼓声与众不同——
　　陡然成急切，
　　忽又变成沉雄；
　这鼓声与众不同。
　　丁东，丁东，
　不同，与众不同！
　不同，与众不同！

坎坎的鼓声震动了屋宇，
他走上了高堂，便张目四顾，
他看见满堂缩瑟的猪羊，
当中是一只磨牙的老虎。
他偏要撩一撩这只老虎。
　　丁东，丁东，
　这鼓声与众不同；

这不是颂德，
也不是歌功；
这鼓声与众不同。
丁东，丁东，
这鼓与众不同；
丁东，丁东，
不同，与众不同！
不同，与众不同！

他大步地跨向主人底席旁，
却被一个班吏匆忙地阻挡；
“无礼的奴才！”这班吏吼道，
“你怎么不穿上号衣，就往前瞎闯？
你没穿号衣，就往这儿瞎闯？”
丁东，丁东，
这鼓与众不同——
分明是咒诅，
显然是嘲弄；
这鼓声与众不同。
丁东，丁东，
听！你可听得懂？
听！你可听得懂？

他领过了号衣，靠近栏杆，
次第的脱了皂帽，解了青衫，
忽地满堂的目珠都不敢直视，
仿佛看见猛烈的光芒一般，
仿佛他身上射出金光一般。
丁东，丁东
这鼓手与众不同——
他赤身露体，
他声色不动；
这鼓手与众不同。

丁东，丁东
真个与众不同！
真个与众不同！

满堂是恐怖，满堂是惊讶，
满堂寂寞——日影在石栏杆下；
飞起了翩翩一只穿花蝶，
洒落了疏疏几点木犀花，
庭中洒下了几点木犀花。
丁东，丁东
这鼓手与众不同——
莫不是湎醉？
莫不是癫疯？
这鼓手与众不同。
丁东，丁东
定当与众不同！
定当与众不同！

苍黄的号褂露出一只赤臂，
头颅上高架着一顶银盔——
他如今换上了全副装束，
如今他才是一个知礼的奴才，
如今他才是一个知礼的奴才。
丁东，丁东，
这鼓声与从不同一
像狂涛打岸，
像霹雳腾空；
这鼓声与众不同。
丁东，丁东，
不同，与众不同！
不同，与众不同！

他在主人的席前左右徘徊，

鼓声愈渐愈昂，越加慷慨；
主人停了玉杯，住了象箸，
主人的面色早已变作死灰，
啊，主人的面色为何变作死灰？
　　丁东，丁东，
　这鼓声与众不同——
　　擂得你胆寒，
　　挝得你发耸；
　这鼓声与众不同。
　　丁东，丁东，
　不同，与众不同！
　不同，与众不同！

猖狂的鼓声在庭中嘶吼，
主人的羞恼哽塞在咽喉，
主人将唤起威风，呕出怒火，
谁知又一阵鼓声扑上心头，
把他的怒火扑灭在心头。
　　丁东，丁东，
　这鼓声与众不同——
　　像鱼龙走峡，
　　像兵甲交锋；
　这鼓声与众不同。
　　丁东，丁东，
　不同，与众不同！
　不同，与众不同！

堂下的鼓声忽地笑个不止，
堂上的主人只是坐着发痴；
洋洋的笑声洒落在四筵，
鼓声笑破了奸雄的胆子——
鼓声又笑破了主人的胆子！
　　丁东，丁东

这鼓手与众不同——
席上的主人
一动也不动；
这鼓手与众不同。
丁东，丁东
定当与众不同！
定当与众不同！

白日的残辉绕过了雕楹，
丹墀上没有了双双的桐影。
无聊的宾客坐满了两厢，
高堂上呆坐着他们的主人，
高堂上坐着丧气的主人。
丁东，丁东
这鼓手与众不同——
惩斥了国贼，
庭辱了枭雄；
这鼓手与众不同。
丁东，丁东
真个与众不同！
真个与众不同！

（原载1925年3月10日《小说月报》第16卷第3号）

大　暑

今天是大暑节，我要回家了！
今天的日历他劝我回家了。
　　他说家乡的大暑节
　　是斑鸠唤雨的时候
大暑到了，湖上飘满紫鸡头。
大暑正是我回家的时候。

我要回家了，今天是大暑；
我园里的丝瓜爬上了树，
　　几多银丝的小葫芦，
　　吊在藤须上巍巍颤，
初结实的黄瓜儿小得像橄榄，……
呵！今年不回家，更待哪一年？

今天是大暑，我要回家了！
燕儿坐在桥梁上讲话了；
　　斜头赤脚的村家女，
　　门前叫道卖莲蓬：
青蛙闹在画堂西，闹在画堂东，……
今天不回家辜负了稻香风。

今天是大暑，我要回家去！
家乡的黄昏里尽是盐老鼠，
　　月下乘凉听打稻，
　　卧看星斗坐吹箫；
鹭鹚偷着踏上海船来睡觉，
我也要回家了，我要回家了！

（原载1925年4月1日《京报副刊》第106期）

醒　呀!

众　天鸡怒号，东方已经白了，
庆是希望开成五色的花。
醒呀，神勇的大王，醒呀!
你的鼾声真和缓得可怕。

他们说长夜闭熄了你的灵魂，
长夜的风霜是致命的刀。
熟睡的神狮呀，你还不醒来?
醒呀，我们都等候得心焦了!

汉　我叫五岳的山禽奏乐，
我叫三江的鱼龙舞蹈。
醒呀!神明的元首，醒呀!

满　我献给你长白驯鹿，
我献给你黑龙的活水。
醒呀!勇武的单于，醒呀!

蒙　我有大漠供你的驰骤，
我有西套作你的庖厨。
醒呀!伟大的可汗，醒呀!

回　我给你筑碧玉的洞宫，
我请你在葱岭上巡狩。
醒呀!神圣的苏丹，醒呀!

藏　我吩咐喇嘛日夜祷求，
我焚起麝香来欢迎你。

醒呀！庄严的活佛，醒呀！

众　让这些祷词攻破睡乡的城，
让我们把眼泪来浇醒你。
威严的大王呀，你可怜我们！
我们的灵魂儿如此的战栗！
醒呀！请扯破了梦魔的网吧。
神州给虎豹豺狼糟蹋了。
醒了吧！醒了吧！威武的神狮！
听我们在五色旗下哀号。

这些是历年旅外因受尽帝国主义的闲气而喊出的不平的呼声；本已交给留美同人所办一种鼓吹国家主义的杂志名叫《大江》的了。但目下正值帝国主义在沪汉演成这种惨剧，而《大江》出版又还有些日子，我把这些诗找一条捷径发表了，是希望他们可以在同胞中激起一些敌忾，把激昂的民气变得更加激昂。我想《大江》的编辑必能原谅这番苦衷。

（原载1925年6月27日《现代评论》第2卷第29期）

长城下的哀歌

原文

啊！五千年文化底纪念碑哟！
伟大的民族底伟大的标帜！……
哦，哪里是赛可罗坡[①]底石城？
哪里是贝比楼[②]？哪里是伽勒[③]寺？
这都是被时间蠹蚀了的名词；
长城？肃杀的时间还伤不了你。

长城啊！你又是旧中华底墓碑，
我是这墓中的一个孤鬼——
我坐在墓上痛哭，哭到地裂天开，
可才能找见旧中华底灵魂，
并同我自己的灵魂之所在？……
长城啊！你原是旧中华底墓碑！

长城啊！老而不死的长城啊！
你还守着那九曲的黄河吗？
你可听见他那消沉的脉搏？
你的同僚怕不就是那金字塔？
金字塔，他虽守不住他的山河，
长城啊！你可守得住你的文化！

你是一条身长万里的苍龙，
你送帝轩辕升天去回来了，
偃卧在这里，头枕沧海，尾蹋昆仑，
你偃卧在这里看护他的子孙。
长城啊！你可尽了你的责任？

怎么黄帝的子孙终于“披发左衽”！

你又是一座曲折的绣屏：
我们在屏后的华堂上宴饮——
日月是我们的两柱纱灯，
海水天风和着我们高咏，
直到时间也为我们驻辔流连，
我们便挽住了时间放怀酣寝。

长城啊！你为我们的睡眠担当保障；
待我们睡锈了我们筋骨，
待我们睡忘了我们的理想，
流贼们忽都爬过我们的围屏，
我们那能御抗？我们只得投降，
我们只得归附了狐群狗党。

长城啊！你何曾隔阂了匈奴、吐蕃？
你又何曾障阻了辽、金、元、满？……
古来只有塞下的雪没马蹄，
古来只有塞上的烽烟云卷，
古来还有胡骢载着一个佳人，
抱着琵琶饮泣，驰出了玉关！……

唉！何须追忆得昨日的辛酸！
昨日的辛酸怎比今朝的劫数？
昨日的敌人是可汗，是单于，
都幸而闯入了我们的门庭，
洗尽腥膻，攀上了文明底坛府——
昨日的敌人还是我们的同族。

但是今日的敌人，今日的敌人，
是天灾？是人祸？是魔术？是妖氛？
哦，铜筋铁骨，嚼火漱雾的怪物，
运输着罪孽，散播着战争，……
哦，怕不要扑灭了我们的日月，
怕不要捣毁了我们的乾坤！

啊！从今哪有珠帘半卷的高楼，
镇日里睡鸭焚香，龙头泻酒，
自然歌稳了太平，舞清了宇宙？
从今哪有石坛丹灶的道院，
一树的碧阴，满庭的红日，——
童子煎茶，烧着了枯藤一束？

哪有窗外的一树寒梅，万竿斜竹，
窗里的幽人抚着焦桐独奏？
再哪有荷锄的农夫踏着夕阳，
歌声响在山前，人影没入山后？
又哪有柳荫下系着的渔舟，
和细雨斜风催不回去的渔叟？

哦，从今只有暗无天日的绝壑，
装满了幺小微茫的生命，
像黑蚁一般的，东西驰骋，——
从今只有半死的囚奴，鹄面鸠形，
抱着金子从矿坑里爬上来，
给吃人的大王们献寿谢恩。

从今只有数不清的烟突，
仿佛昂头的毒蟒在天边等候，
又像是无数惊恐的恶魔，

伸起了巨手千只，向天求救；
从今瞥着万只眼睛的街市上，
骷髅拜骷髅，骷髅赶着骷髅走。

啊！你们夸道未来的中华，
就夸道万里的秦岭蜀山，
剖开腹脏，泻着黄金，泻着宝钻；
夸道我们铁路络绎的版图，
就像是网脉式的椿叶一片，
停泊在太平洋的白浪之间。

又夸道，麋载归来的战舰商轮，
载着金的，银的，形形色色的货币，
镌着英皇乔治，美总统林肯，
各国元首底肖像，各国底国名；
夸道西欧底海狮，北美底苍隼，
俯道锻翮，都在上国之前请命。

你们夸道东方的日耳曼，
你们夸道又一个黄种的英伦，——
哈哈！夸道四千年文明神圣，
俯首帖耳的堕入狗党狐群！
啊！新的中华吗？假的中华哟！
同胞啊！你们才是自欺欺人！

哦，鸿荒的远祖——神农，黄帝！
哦，先秦的圣哲——老聃，宣尼！
吟着美人香草的爱国诗人！
饿死西山和悲歌易水的壮士！
哦，二十四史里一切的英灵！

起来呀，起来呀，请都兴起，——
请鉴察我的悲哀，做我的质证，
请来看看这明日的中华——
庶祖列宗啊！我要请问你们：
这纷纷的四万万走肉行尸，
你们还相信是你们的血裔？
你们还相信是你们的子孙？

神灵的祖宗啊！事到如今，
我当怨你们筑起这各种城寨，
把城内文化底种子关起了，
不许他们自由飘播到城外，
早些将礼义底花儿开遍四邻，
如今反教野蛮底荆棘侵进城来。

我又不懂这造物之主底用心，
为何那里摊着荒绝的戈壁，
这里架起一道横天的葱岭，
那里又停着浩荡的海洋，
中间藏着一座蓬莱仙境，
旧周围又堆伏着魍魉猩猩？

最善哭的太平洋！只你那容积，
才容得下我这些澎湃的悲思。
最宏伟，最沉雄的哀哭者哟！
请和着我放声号啕地哭泣！
哭着那不可思议的命运！
哭着那亘古不灭的天理——

哭着宇宙之间必老的青春，
哭着有史以来必散的盛筵，

哭着我们中华的庄严灿烂，
也将永远永远地烟消云散。
哭啊！最宏伟，最沉雄的太平洋！
我们的哀痛几时方能哭完？

啊！在麦垅中悲歌的帝子！
春水流愁，眼泪洗面的降君！
历代最伤心的孤臣节士！
古来最善哭的胜国遗民！
不用悲伤了，不用悲伤了，
你们的丧失究竟轻微得很。

你们的悲哀算得了些什么？
我的悲哀是你们的悲哀之总和。
啊！不料中华最末次的灭亡，
黄帝子孙最彻底的堕落，
毕竟要实现于此日今时，
毕竟在我自己的眼前经过。

哦，好肃杀，好尖峭的冰风啊！
走到末路的太阳，你竟这般沮丧！
我们中华的名字镌在你身上；
太阳，你将被这冰风吹得冰化，
中华底名字也将冰得同你一样？
看啊！猖獗的冰风！狼狈的太阳！

哦，你一只大雕，你从哪里来的？
你在这铅铁的天空里盘飞；
这八达岭也要被你占了去，
筑起你的窠巢，蕃殖你的族类？
圣德的凤凰啊！你如何不来，

竟让这神州成了恶鸟底世界？

雹雪重载的冻云来自天涯，
推撞着，摩擦着，在九霄争路，
好像一群激战的天狼互相鏖杀。
哦，冻云涨了，滚落在居庸关下，
苍白的冻云之海弥温了四野，——
哎呀！神州啊！你竟陆沉了吗？

长城啊！让我把你也来撞倒，
你我都是赘疣，有些什么难合？
哦，悲壮的角声，送葬的角声，——
画角啊！不要哀伤，也不要诅骂！
我来自虚无，还向虚无归去，
这堕落的假中华不是我的家！

（原载1925年7月《大江季刊》第1卷第1期）

注释

①赛可岁坡，又译赛克罗普斯（Cyklops）希腊神话中独眼巨神的总称，秉性残暴，住在西（此处两应为西）方的山洞里。

②通译巴比伦，在阿卡得语中意为“神之门”。古代“两河流域”最大城市。

③梵文的音译，通译伽蓝，佛教寺院的通称。

我是中国人

我是中国人，我是支那人，
我是黄帝底神明血胤，
我是地球上最高处来的，
帕米尔便是我的原籍。

我的种族是一条大河，
我们流下了昆仑山坡，
我们流过了亚洲大陆，
我们流出了优美的风俗。

伟大的民族！伟大的民族！
五岳一般的庄严正肃，
广漠的太平洋的度量，
春云底柔和，秋风底豪放！

我们的历史可以歌唱，
他是尧时老人敲着木壤，
敲出来的太平的音乐，——
我们的历史是一首民歌。

我们的历史是一只金罍，
盛着帝王祀天底芳礼——
我们敬天我们顺天，
我们是乐天安命的神仙。

我们的历史是一掬清泪，
孔子哀悼死麒麟的泪；
我们的历史是一阵狂笑，
庄周、淳于髡、东方朔底笑。

我是中国人，我是支那人，
我的心里有尧舜底心，
我的血是荆轲、聂政底血，
我是神农、黄帝底遗孽。

我的智慧来得真离奇，
他是河马献来的馈礼；
我这歌声中的节奏，
原是九苞凤凰底传授。

我心头充满戈壁底沉默，
脸上有黄河波涛底颜色，
泰山底石溜滴成我的忍耐，
峥嵘的剑阁撑出我的胸怀。

我没有睡着！我没有睡着！
我心中的灵火还在燃烧；
我的火焰他越烧越燃，
我为我的祖国烧得发颤。

我的记忆还是一根麻绳，
绳上束满了无数的结梗；
一个结子是一桩史事——
我便是五千年底历史。

我是过去五千年底历史，
我是将来五千年底历史。
我要修葺这历史底舞台，
预备排演历史底将来。

我们将来的历史是一首歌，
还歌着海晏河清底音乐；
我们将来的历史是一杯酒，

又在金罍里给皇天献寿。

我们将来的历史是一滴泪，
我的泪洗尽人类底悲哀；
我们将来的历史是一声笑，
我的笑驱尽宇宙底烦恼。

我们是一条河，一条天河，
一派浑浑噩噩的光被——
我们是四万万不灭的明星，
我们的位置永远注定。

伟大的民族！伟大的民族！
我是东方文化底鼻祖，
我的生命是世界底生命，
我是中国人，我是支那人！

（原载1925年7月《大江季刊》第1卷第1期）

爱国的心

我心头有一幅旌旆，
没有风时自然摇摆；
我这幅抖颤的心旌，
上面有五样的色彩。

这心腹里海棠叶形，
是中华版图底缩本；
谁能偷去伊的版图？
谁能偷得去我的心？

（原载1925年7月《大江季刊》第1卷第1期）

回来了

这真是说不出的悲喜交集——
滚滚的江涛向我迎来，
然后这里是青山，那里是绿水……
我又投入了祖国的慈怀！

你莫告诉我这里是遍体疮痍，
你没听见麦浪翻得沙沙响？
这才是我的家乡我的祖国：
打盹的雀儿钉在牛背上。

祖国呀！今天我分外爱你……
风呀你莫吹，浪呀你莫涌，
让我镇定一会儿，镇定一会儿；
我的心儿他如此的怔忡！

你看江水俨然金一般的黄，
千樯的倒影蠕在微澜里。
这是我的祖国，这是我的家乡，
别的且都不必提起。

今天风呀你莫吹，浪呀你莫涌。
我是刚才刚才回到家。
祖国呀，今天我们要分外亲热；
请你有泪儿今天莫洒。

这真是说不出的悲喜交集；
我又投入了祖国的慈怀。
你看船边飞着簸谷似的浪花，
天上飘来仙鹤般的云彩。

（原载1925年8月13日《晨报副刊》第1249号）

故　乡

原文

先生，先生，你到底要上哪里去？
你这样的匆忙，你可有什么事？

我要看还有没有我的家乡在；
我要走了，我要回到望天湖边去。
我要访问如今那里还有没有
白波翻在湖中心，绿波翻在秧田里，
有没有麻雀在水竹枝头耍武艺？

先生，先生，世界是这样的新奇，
你不在这里遨游，偏要哪里去？

我要探访我的家乡，我有我的心事；
我要看孵卵的秧鸡可在秧林里，
泥上可还有鸽子的脚儿印“个”字，
神山上的白云一分钟里变几次，
可还有燕儿飞到人家堂上来报喜。

先生，先生，我劝你不要回家去；
世间只有远游的生活是自由的。

游子的心是风霜剥蚀的残碑，
碑上已经漶漫了家乡的字迹，
哦，我要回家去，我要赶紧回家去，
我要听门外的水车终日作鼍鸣，
再将家乡的音乐收入心房里。

先生，先生，你为什么要回家去？

世上有的是荣华，有的是智慧。

你不知道故乡有一个可爱的湖，
常年总有半边青天浸在湖水里，
湖岸上有兔儿在黄昏里觅粮食，
还有见了兔儿不要追的狗子，
我要看如今还有没有这种事。

先生，先生，我越加不能懂你了，
你到底，到底为什么要回家去？

我要看家乡的菱角还长几根刺，
我要看那里一根藕里还有几根丝，
我要看家乡还认识不认识我，
我要看坟山上添了几块新碑石，
我家后园里可还有开花的竹子①。

（原载1925年8月29日《晨报副刊》第1260号）

注释

①俗称竹子开花是凶事的朕兆。—作者原注

七子之歌

原文

邶有七子之母不安其室。七子自怨自艾，冀以回其母心。诗人作《凯风》以愍之。吾国自《尼布楚条约》迄旅大之租让，先后丧失之土地，失养于祖国，受虐于异类，臆其悲哀之情，盖有甚于《凯风》之七子。因择其中与中华关系最亲切者七地，为作歌各一章，以抒其孤苦亡告，眷怀祖国之哀忱，亦以励国人之奋斗云尔。国疆崩丧，积日既久，国人视之漠然。不见夫法兰西之Alsace-Lorraine①耶？“精诚所至，金石为开”。诚如斯，中华“七子”之归来，其在旦夕乎！

澳　门

你可知“妈港”不是我的真名姓？……
我离开你的襁褓太久了，母亲！
但是他们掳去的是我的肉体，
你依然保管着我内心的灵魂。
三百年来梦寐不忘的生母啊！
请叫儿的乳名，叫我一声“澳门”！
　母亲，我要回来，母亲！

香　港

我好比凤阙阶前守夜的黄豹，
母亲啊！我身分虽微，地位险要。
如今狞恶的海狮扑在我身上，
啖着我的骨肉咬着我的脂膏；
母亲啊！我哭泣号啕，呼你不应。
母亲啊！快让我躲入你的怀抱！
　母亲，我要回来，母亲！

台　湾

我们是东海捧出的珍珠一串，
琉球是我的群弟，我便是台湾。
我胸中还氲氤着郑氏的英魂，
精忠的赤血点染了我的家传。
母亲，酷炎的夏日要晒死我了；
赐我个号令，我还能背城一战。
　母亲，我要回来，母亲！

威海卫

再让我看守着中华最古的海，
这边岸上原有圣人的丘陵在。
母亲，莫忘了我是防海的健将，
我有一座刘公岛作我的盾牌。
快救我回来呀，时期已经到了。
我背后葬的尽圣人的遗骸！
　母亲！我要回来，母亲！

广州湾

东海和硇洲[②]是一双管钥，
我是神州后门上的一把铁锁。
你为什么把我借给一个盗贼？
母亲，你千万不该抛弃了我！
母亲呀！让我快回到你的膝前来，
我要紧紧的拥抱着你的脚髁。
　母亲，我要回来，母亲！

九　龙

我的胞兄香港在诉他的苦痛，

母亲呀，可记得你的幼女九龙？
自从我下嫁给那镇海的魔王，
我何曾有一天不在泪涛汹涌！
母亲，我天天数着归宁的吉日，
我只怕希望要变作一场空梦！
　母亲，我要回来，母亲！

旅顺，大连

我们是旅顺，大连，孪生的兄弟。
我们的命运应该如何地比拟？——
两个强邻将我来回地蹴蹋，
我们是暴徒脚下的两团烂泥。
母亲，归期到了，快领我们回来。
你不知道儿们如何的想念你！
　母亲！我们要回来，母亲

（原载1925年11月《大江季刊》第1卷第2期）

注释

①Alsace-Lorrajne，即阿尔萨斯-洛林地区，位于法国东部，1871年普法战争后割予德国，1919年凡尔赛和约后归还法国。

②硇州，岛屿名。在广东雷州湾外。

南海之神

——中山先生颂

原文

一　神之降生

炎风煽惑了龃龉的波浪；
海水熬成了一锅热油——
大波噬着小澜，惊涛扑着骇浪。
妖云在摇旗，迅雷在呐喊，
天是精铜的破镜一面；
世界要变成一场大血战。
贝阙里的老龙睡得不安，
仿佛听见了一阵隐约的哭声，
像是九霄云外的哀鸿航过。
慈悲的泪在他脸上开成了珠花。
忽地他长啸一声——天昏地黑，
南海岸上一个婴儿堕地了！

婴儿醒了，呱呱的哭声
载满了一个民族的悲哀。
婴儿又睡了，沉默笼罩着宇宙。
于是蔚蓝的高天是它的庄严，
葱绿的大地是母亲的慈爱。
于是畏惧坐镇在人之心上；
鸟儿的歌声涌到喉间又吞下去了，
花瓣儿浮在空中不敢坠落……
一切的都敛息屏声，

护持着这新生命底睡眠，
倾听着这新脉搏底节奏。
一切的生命都要让开路来，
尽这一道新生命往前先走。

于是宇宙万物尽他们所有的，
都献给他作为庆贺的仪程了：
巍峨的五岳献给他庄严；
瞿塘灏滟底石壁献给他坚忍；
从深山峭谷里探出路径，
捣石成沙，撞断巫山十二峰，
奔流万里，百折不回的扬子江，
献给他寰球三大毅力之一。
浩荡的太平洋献给他度量，
轻身狎浪的海鸥又献给他冒险精神。
谁献给他慈蔼底美德？——
说苏了小草的春雨和吹着麦浪的熏风；
谁献给他先觉底智慧？——踞阜的晨鸡；
谁献给他决斗的精神？——负隅的困兽。
九天底雷霆献给他震怒；
日月星辰献给他洞察的眼光；
然后造物者又把创造底全能交付给他了。
于是全宇宙长在一个人的躯壳里了；
啊！一个宇宙在人间歌哭言笑！
一个宇宙在人间奔走呼号！——
于是赤县神州有一个圣人
同北邻建树赤帜的圣人比肩，
同西邻的Mahatma[①]争衡，
同太平洋彼岸上为一个奴隶民族，
解脱了枷锁的圣人并驾齐驱！

二　纪元之创造

百尺的朱门关闭了五千年；
黑色的苔藓侵蚀了雕梁画栋，
野蜂在兽环底口里作了巢，
屋脊上的飞鱼，鸱吻，铜雀，宝瓶，……
狼藉在臭秽的壕沟里。
宇宙乘除了五千个春秋，
积尘瘗没了浮镙钉，
百尺的朱门依然没有人来开启。
风雨如晦鸡鸣不已的时候，
忽然来了一个愁容满面的巨人，
擎着一只熊熊的火把，
走上门前拍一拍门环，叫一声：
“开门呀！”
一阵蝙蝠从砖缝瓦罅里飞出来了：
失了胶黏力的灰泥垩粉，
纷纷的洒落在他头上。
他又叫一声，连叫几声，……
他耳边但有危梁欹柱解体脱节底异响，
总听不见应门的人声。
滚滚的热泪流到喉咙里来了，
他将热泪咽下了，又大叫数声，
在门扇上拳推脚踢，
在门扇上拳推脚踢，
他吼声如雷，他洒泪如雨，……
全宇宙底震怒在他身中烧着了。
他是一座洪炉——他是洪炉中的一条火龙，
每一颗鳞甲是一颗火星，
每一条须髯是一条火焰。
时期到了！时期到了！他不能再思了！
于是他挥起巨斧，巨斧在他手中抖颤——

摩天的巨斧像山岳一般倒下来了，
騞的一声——阊阖洞开了！
騞的一声——飞昂折倒了！
騞的一声——黄阙丹墀变成齑粉了！
于是在第二个盘古底神斧之下，
五千年的金龙宝殿一扫而空——
前五千年底盘据地禅让给后五千年了。
于是中华的圣人创造了一个新纪元，
这圣人是我们中华历史上的赤道，
他的前面是一个半球，
他的后面又是一个半球，
他是中华文化底总枢纽，
他转了四万万生灵底命运！

三　祈祷

神通广大的救星啊！请你听！
请将神光辐射的炬火照着我们；
勇武聪睿的主将啊！请你听！
请将你的大纛掩覆我们颤栗的灵魂，
仓公扁鹊——起死回生的国手啊！
请用神灵的刀圭铲除了这遍体的疮痍；
仁爱的牧者阿！我们是亡告的羊群，
豺狼当道，请你保护我们的生命！

我们虽是不肖的儿女，背恩的奴隶——
我们自身鄙吝反而猜疑你的恩惠，
自身愚蠢因之妒嫉你的聪明；
但是神明宽厚的主将啊！
请你宽赦我们，请你饶恕我们，
让我们流出忏悔的泪洗你心上的伤痕，
让这四万万颗赤心都焚起一瓣自新的心香，

让心香底馥郁熏灭了你的悲酸底记忆。
广大无边，海函地负的精神啊，
让我们忏悔，让我们忏悔！

我们祸孽深重，我们万死不容，
你本不当赐给我们非分的原宥。
我们是龌龊的虮虱一群，
我们嘬饮你的血汗来滋养自身的肌肉。
你的神炬作了我们夜劫底火把，
你的战旗是我们行凶时护身的符箓。
你的名字在我们脚下踩成笑柄。
我们都是你的罪人！

你是行天的赤日，光明底输送者，
我们是蜀山中的村犬，
我们在黯谷中生活，反而狂吠你的光明。
我们是饕餮的鸱鸮剥啄着腐鼠，
你是高洁的鸩雏从我们头上飞过，
我们的猜忌便迸作毒狠的诅骂。
我们是商受不懂圣人的心如何构造，
便将你的心剜了出来查验他的孔窍。
我们戏谑你到了不堪的程度。
哦，让我们忏悔！让我们忏悔！

让洞庭底波涛涤祛我们的罪恶！
让九天底黑云掩着我们的羞耻！
让十八层地狱底火烧着我们的心脏！
让峨嵋，剑阁和青泥底四万八千哀猿，
同声叫着，叫出我们的酸悲！
哦，让我们忏悔，让我们忏悔！

哦，神秘伟大的灵魂啊！
你戴着痛苦如同戴荣花一般——
荆棘之冠在你头上变成璀璨的玉冕；
悲哀之泪像倒流的弱水，
流到你心中潴成了仁爱的仙海；……
你是那样的神秘！那样的伟大！
你定让我们忏悔，让我们忏悔。

神秘伟大的神灵啊！
让我们赞美你！让我们膜拜你！
让我们从你身上支取力量，
因为你是四万万华胄底力量之结晶。
让我们从你身上看到中华昨日的伟大，
从你身上望到中华明日底光荣——
让我们的希望从你身上发生。
伟大的神！仁爱的神！勇武的神啊！
让我们赞美你！让我们礼拜你！
但是先让我们忏悔！先让我们忏悔！

（原载1925年11月《大江季刊》第1卷第2期）

注释

①Mahatma，英文，[印度的]大圣：（the）Mahatma，常为M.K.甘地之别称。

秦始皇帝

荆柯的匕首，张良的大铁椎，
是两只苍蝇从我眼前飞过。
我肋骨槛里囚着一只黑狼，
这一只黑狼它终于杀了我。

我吞噬了六国来喂这黑狼，
黑狼喂肥了，反来吞噬了我；
我筑起阿房来让黑狼游戏，
他游倦了，我们一齐都睡着。

如今什么也惊不醒我们了，
钜鹿的干戈和咸阳城的火……
多情的刺猬抱着我的骷髅，
十丈来的青蛇缠着我的脚。

（原载1925年12月1日《晨报七周年纪念刊》）

唁 词

——纪念三月十八日的惨剧

没有什么！父母们都不要号啕！
兄弟们，姊妹们也都用不着悲恸！
这青春的赤血再宝贵没有了，
盛着他固然是好，泼掉了更有用。

要血是要他红，要血是要他热；
那脏完了，冷透了的东西谁要他？
不要愤嫉，父母，兄弟和姊妹们！
等着看这红热的开成绚烂的花。

感谢你们，这么样丰厚的仪程！
这多年的宠爱，矜怜，辛苦和希望。
如今请将这一切的交给我们，
我们要永远悬他在日月的边旁。

这最末的哀痛请也不要吝惜。
（这一阵哀痛可磔碎了你们的心！）
但是这哀痛的波动却没有完，
它要在四万万颗心上永远翻腾。
哀恸要永远咬住四万万颗心，
那么这哀痛便是忏悔，便是惕警。
还要把馨香缭绕，俎豆来供奉！
哀痛是我们的启示，我们的光明。

（原载1926年3月25日《国魂周刊》第10期）

欺负着了

你怕我哭？我才不难受了；
这一辈子我真哭得够了！
哪儿有的事？——三年哭两个，
谁家的眼泪有这么样多？

我一个寡妇，又穷又老了，
今日可给你们欺负着了！

你，你为什么又往家里跑？
再去——去送给他们杀一刀！
看他们的威风有多么大……
算我白养了你们哥儿仨。

我爽兴连这信也不要了，
就算我给你们欺负着了！

为着我教你们上了学校，
没有教你们去杀人绑票——
不过为了这点错，这点错，
三个儿子整杀了我两个！

这仇有一天我总得报了，
我不能给你们欺负着了！

好容易养活你们这么大，
凭什么我养的该他们杀？
我倒要问问他们这个理，
问问他们杀了可赔得起？……

杀了我儿子，你们就好了？……
我可是给你们欺负着了！

老大为他们死给外国人，
老二帮他们和洋人拼命——
帮他们又给他们活杀死，
这到底到底是怎么回事？

三儿还帮不帮你们闹了？……
我总算给你们欺负着了！

你也送去给他们杀一刀，
杀完了就再没有杀的了！
世界上有儿子的多得很，
我要看他们杀不杀得尽！

我真是给你们欺负恼了！
我可不给你们欺负着了？

（原载1926年4月1日《晨报·诗镌》第1号）

精彩点拨

《大江》中作者如山洪爆发般倾泻了自己的爱国情怀，每首诗都充斥着无尽的热情和对祖国江山的歌颂。《园内》歌颂了清华园和清华园的少年学子；《渔阳曲》中诗人调动了多种艺术手段，从不同角度铺垫、烘托、映衬着鼓声独特的艺术魅力。着曲调的变化而整体上的一致性又为全诗烘托出了一种特殊的“渔阳鼓曲”氛围；《大暑》是诗人歌颂家乡的大暑节；《醒呀》是诗人对帝国主义发出的怒号！《长城下的哀歌》是诗人对长城的感叹，从长城引到对历史、民族的思考，抒发出“长城啊！你是旧中华底墓碑！”认为人们不应沉醉于过去的辉煌，应着眼于未来，走向新的时代；《七子之歌》从澳门、香港、台湾等地的角度发出呼声，用孩子的口吻替他们喊出了“母亲，我要回来，母亲！”

阅读积累

现代评论派

1924年，胡适与陈西滢、徐志摩等创办《现代评论》周刊，称为现代评论派。其成员多是欧美留学归国的自由主义知识分子，他们以《现代评论》为主要阵地，与鲁迅和语丝派相对立，支持北洋军阀当局，对群众革命运动持贵族化立场。在创作上以散文最为出名，代表作品有徐志摩《我所知道的康桥》《翡冷翠山居闲话》，陈西滢《西滢闲话》等。1927年7月，《现代评论》迁至上海，遂由原来依附于北洋政府转而投靠国民党政权。

死水

精彩导读

本篇节选了《罪过》《荒村》《一句话》《祈祷》《发现》《一个观念》《静夜》《夜歌》《我要回来》《黄昏》《春光》《死水》《末日》《泪雨》《忘掉她》《也许》《你看》《你莫怨我》《狼狈》《大鼓师》《什么梦》《你指着太阳起誓》《收回》《口供》等诗歌，内容丰富多彩，手法也千变万化。一首一首地来学习吧！

口　供

我不骗你，我不是什么诗人，
纵然我爱的是白石的坚贞，
青松和大海，鸦背驮着夕阳，
黄昏里织满了蝙蝠的翅膀。
你知道我爱英雄，还爱高山，
我爱一幅国旗在风中招展，
自从鹅黄到古铜色的菊花。
记着我的粮食是一壶苦茶！

可是还有一个我，你怕不怕？——
苍蝇似的思想，垃圾桶里爬。

收 回

那一天只要命运肯放我们走！
不要怕；虽然得走过一个黑洞，
你大胆的走；让我掇着你的手；
也不用问哪里来的一阵阴风。

只记住了我今天的话，留心那
一掬温存，几朵吻，留心那几炷笑，
都给拾起来，没有差；——记住我的话：
拾起来，还有珊瑚色的一串心跳。

可怜今天苦了你——心渴望着心——
那时候该让你拾，拾一个痛快，
拾起我们今天损失了的黄金。
那斑斓的残瓣，都是我们的爱，
拾起来，戴上。
你戴着爱的圆光，
我们再走，管他是地狱，是天堂！

“你指着太阳起誓”

你指着太阳起誓，叫天边的寒雁
说你的忠贞。好了，我完全相信你，
甚至热情开出泪花，我也不诧异。
只是你要说什么海枯，什么石烂……
那便笑得死我。我这一口气的工夫
还不够我陶醉的？还说什么“永久”？
爱，你知道我只有一口气的贪图，
快来箍紧我的心，快！啊，你走，你走……

我早算就了你那一手——也不是变卦——
“永久”早许给了别人，秕糠是我的份，
别人得的才是你的菁华——不坏的千春。
你不信？假如一天死神拿出你的花押，
你走不走？去去！去恋着他的怀抱，
跟他去讲那海枯石烂不变的贞操！

什么梦?

一排雁字仓皇的渡过天河,
寒雁的哀呼从她心里穿过,
“人啊,人啊”她叹道,
“你在哪里,在哪里叫着我?”

黄昏拥着恐怖,直向她进逼,
一团剧痛沉淀在她的心里,
“天啊,天啊”她叫道,
“这到底,到底是什么意义?”

道是那样长,行程又在夜里,
她站在生死的门限上犹夷,
“烦闷,烦闷”她想道,
“我将永远,永远结束了你!”

决断写在她脸上,——决断的从容,……
忽然摇篮里哇的一阵警钟,
“儿啊,儿啊”她哭了,
“我做的是什么是什么梦?”

大鼓师

我挂上一面豹皮的大鼓，
我敲着它游遍了一个世界，
我唱过了形形色色的歌儿，
我也听饱了喝不完的彩。

一角斜阳倒挂在檐下，
我蹑着芒鞋，踏入了家村。
“咱们自己的那只歌呢？”
她赶上前来，一阵的高兴。

我会唱英雄，我会唱豪杰，
那倩女情郎的歌，我也唱，
若要问到咱们自己的歌，
天知道，我真说不出的心慌！

我却吞下了悲哀，叫她一声，
“快拿我的三弦来，快呀快！
这只破鼓也忒嫌闹了，我要
那弦子弹出我的歌儿来。”

我先弹着一群白鸽在霜林里，
珊瑚爪儿踩着黄叶一堆；
然后你听那秋虫在石缝里叫，
忽然又变了冷雨洒着柴扉。

洒不尽的雨，流不完的泪，……
我叫声“娘子”！把弦子丢了，
“今天我们拿什么作歌来唱？
歌儿早已化作泪作流了！

“怎么？怎么你也抬不起头来？
啊！这怎么办，怎么办！……
来！你来！我兜出来的悲哀，
得让我自己来吻它干。

“只让我这样呆望着你，娘子，
像窗外的寒蕉望着月亮，
让我只在静默中赞美你，
可是总想不出什么歌来唱。

“纵然是刀斧削出的连理枝，
你瞧，这姿势一点也没有扭。
我可怜的人，你莫疑我，
我原也不怪那挥刀的手。

“你不要多心，我也不要问，
山泉到了井的，还往那里流？
我知道你永远起不了波澜，
我要你永远给我润着歌喉。

“假如最末的希望否认了孤舟，
假如你拒绝了我，我的船坞！
我战着风涛，日暮归来，
谁是我的家，谁是我的归宿？

“但是，娘子啊！在你的尊前，
许我大鼓三弦都不要用；
我们委实没有歌好唱，我们
既不是儿女，又不是英雄！”

狼　狈

假如流水上一抹斜阳
悠悠的来了，悠悠的去了；
假如那时不是我不留你，
那颗心不由我作主了。

假如又是灰色的黄昏
藏满了蝙蝠的翅膀；
假如那时不是我不念你，
那时的心什么也不能想。

假如落叶像败阵纷逃，
暗影在我这窗前睥睨；
假如这颗心不是我的了，
女人，教它如何想你？

假如秋夜也这般的寂寥……
嘿！这是谁在我耳边讲话？
这分明不是你的声音，女人；
假如她偏偏要我降她。

你莫怨我

你莫怨我！
这原来不算什么，
人生是萍水相逢，
让他萍水样错过。
你莫怨我！

你莫问我！
泪珠在眼边等着，
只须你说一句话，
一句话便会碰落，
你莫问我！

你莫惹我！
不要想灰上点火。
我的心早累倒了，
最好是让它睡着！
你莫惹我！

你莫碰我！
你想什么，想什么？
我们是萍水相逢，
应得轻轻错过。
你莫碰我！

你莫管我！
从今加上一把锁；
再不要敲错了门，
今回算我闯的祸，
你莫管我！

你 看

你看太阳像眠后的春蚕一样，
镇日吐不尽黄丝似的光芒；
你看负暄的红襟在电杆梢上，
酣眠的锦鸭泊在老柳根旁。

你眼前又陈列着青春的宝藏，
朋友们，请就在这眼前欣赏；
你有眼睛请再看青山的峦嶂，
但向那山外探望你的家乡。

你听听那枝头颂春的梅花雀，
你得揩干眼泪，和他一支歌。
朋友，乡愁最是个无情的恶魔，
他能教你眼前的春光变作沙漠。

你看春风解放了冰镇的寒溪，
半溪白齿琮琮的漱着涟漪，
细草又织就了釉釉的绿意，
白杨枝上招展着幺小的银旗。

朋友们，等你们看到了故乡的春，
怕不要老尽春光老尽了人？
呵，不要探望你的家乡，朋友们，
家乡是个贼，他能偷去你的心！

也 许

——葬歌

也许你真是哭得太累，
也许，也许你要睡一睡，
那么叫夜鹰不要咳嗽，
蛙不要号，蝙蝠不要飞，

不许阳光拨你的眼帘，
不许清风刷上你的眉，
无论谁都不能惊醒你，
撑一伞松荫庇护你睡，

也许你听这蚯蚓翻泥，
听这小草的根须吸水，
也许你听这般的音乐
比那咒骂的人声更美；

那么你先把眼皮闭紧，
我就让你睡，我让你睡，
我把黄土轻轻盖着你，
我叫纸钱儿缓缓的飞。

忘掉她

忘掉她，像一朵忘掉的花，——
　那朝霞在花瓣上，
　那花心的一缕香——
忘掉她，像一朵忘掉的花！

忘掉她，像一朵忘掉的花！
　像春风里一出梦，
　像梦里的一声钟，
忘掉她，像一朵忘掉的花！

忘掉她，像一朵忘掉的花！
　听蟋蟀唱得多好，
　看墓草长得多高；
忘掉她，像一朵忘掉的花！

忘掉她，像一朵忘掉的花！
　她已经忘记了你，
　她什么都记不起；
忘掉她，像一朵忘掉的花！

忘掉她，像一朵忘掉的花！
　年华那朋友真好，
　他明天就教你老；
忘掉她，像一朵忘掉的花！

忘掉她，像一朵忘掉的花！

　如果是有人要问，

　就说没有那个人；

忘掉她，像一朵忘掉的花！

忘掉她，像一朵忘掉的花！

　像春风里一出梦，

　像梦里的一声钟，

忘掉她，像一朵忘掉的花！

泪 雨

他在那生命的阳春时节，
曾流着号饥号寒的眼泪；
那原是舒生解冰的春霖，
却也兆征了生命的哀悲。

他少年的泪是连绵的阴雨
暗中浇熟了酸苦的黄梅；
如今黑云密布，雷电交加，
他的泪像夏雨一般的滂沛。

中途的怅惘，老大的蹉跎，
他知道中年的苦泪更多，
中年的泪定似秋雨淅沥，
梧桐叶上敲着永夜的悲歌。

谁说生命的残冬没有眼泪？
老年的泪是悲哀的总和；
他还有一掬结晶的老泪，
要开作漫天愁人的花朵。

末 日

露水在笕筒里哽咽着，
芭蕉的绿舌头舐着玻璃窗，
四围的垩壁都往后退，
我一人填不满偌大一间房。

我心房里烧了一盆火，
静候着一个远道的客人来，
我用蛛丝鼠矢喂火盆，
我又用花蛇的鳞甲代劈柴。

鸡声直催，盆里一堆灰，
一股阴风偷来摸着我的口，
原来客人就在我眼前，
我眼皮一闭，就跟着客人来。

死　水

这是一沟绝望的死水，
清风吹不起半点漪沦。
不如多扔些破铜烂铁，
爽性泼你的剩菜残羹。

也许铜的要绿成翡翠，
铁罐上锈出几瓣桃花；
再让油腻织一层罗绮，
霉菌给他蒸出些云霞。

让死水酵成一沟绿酒，
漂满了珍珠似的白沫；
小珠们笑声变成大珠，
又被偷酒的花蚊咬破。

那么一沟绝望的死水，
也就夸得上几分鲜明。
如果青蛙耐不住寂寞，
又算死水叫出了歌声。

这是一沟绝望的死水，
这里断不是美的所在，
不如让给丑恶来开垦，
看他造出个什么世界。

春 光

静得像人定了的一般，那天竹，
那天竹上密叶遮不住的珊瑚；
那碧桃，在朝暾里运气的麻雀。
春光从一张张的绿叶上爬过。
蓦地一道阳光晃过我的眼前，
我眼睛里飞出了万只的金箭，
我耳边又谣传着翅膀的摩声，
仿佛有一群天使在空中逻巡……

忽地深巷里迸出了声清籁：
“可怜可怜我这瞎子，老爷太太！”

黄 昏

黄昏是一头迟笨的黑牛，
一步一步的走下了西山；
不许把城门关锁得太早，
总要等黑牛走进了城圈。

黄昏是一头神秘的黑牛，
不知他是哪一界的神仙——
天天月亮要送他到城里，
一早太阳又牵上了西山。

我要回来

我要回来，
乘你的拳头像兰花未放，
乘你的柔发和柔丝一样，
乘你的眼睛里燃着灵光，
我要回来。

我没回来，
乘你的脚步像风中荡桨，
乘你的心灵像痴蝇打窗，
乘你笑声里有银的铃铛，
我没回来。

我该回来，
乘你的眼睛里一阵昏迷，
乘一口阴风把我灯吹熄，
乘一只冷手来掇走了你，
我该回来。

我回来了，
乘流萤打着灯笼照着你，
乘你的耳边悲啼着莎鸡，
乘你睡着了，含一口沙泥，
我回来了。

夜歌

癞虾蟆抽了一个寒噤，
黄土堆里钻出个妇人，
妇人身旁找不出阴影，
月色却是如此的分明。

黄土堆里蹿出个妇人，
黄土堆上并没有裂痕；
也不曾惊动一条蚯蚓，
或绷断蟏蛸一根网绳。

月光底下坐着个妇人，
妇人的容貌好似青春，
猩红衫子血样的狰狞，
鬅松的散发披了一身。

妇人在号咷，捶着胸心，
癞虾蟆只是打着寒噤，
远村的荒鸡哇的一声，
黄土堆上不见了妇人。

静 夜

这灯光，这灯光漂白了的四壁；
这贤良的桌椅，朋友似的亲密；
这古书的纸香一阵阵的袭来；
要好的茶杯贞女一般的洁白；
受哺的小儿唼呷在母亲怀里，
鼾声报道我大儿康健的消息……
这神秘的静夜，这浑圆的和平，
我喉咙里颤动着感谢的歌声。
但是歌声马上又变成了诅咒，
静夜！我不能，不能受你的贿赂。
谁希罕你这墙内尺方的和平！
我的世界还有更辽阔的边境。
这四墙既隔不断战争的喧嚣，
你有什么方法禁止我的心跳？
最好是让这口里塞满了沙泥，
如其他只会唱着个人的休戚！
最好是让这头颅给田鼠掘洞，
让这一团血肉也去喂着尸虫；
如果只是为了一杯酒，一本诗，
静夜里钟摆摇来的一片闲适，
就听不见了你们四邻的呻吟，
看不见寡妇孤儿抖颤的身影，
战壕里的痉挛，疯人咬着病榻，
和各种惨剧在生活的磨子下。
幸福！我如今不能受你的私贿，
我的世界不在这尺方的墙内。
听！又是一阵炮声，死神在咆哮。
静夜！你如何能禁止我的心跳？

一个观念

你隽永的神秘，你美丽的谎，
你倔强的质问，你一道金光，
点儿亲密的意义，一股火，
一缕缥渺的呼声，你是什么？
我不疑，这因缘一点也不假，
我知道海洋不骗他的浪花。
既然是节奏，就不该抱怨歌。
啊，横暴的威灵，你降伏了我，
你降伏了我！你绚缦的长虹——
五千多年的记忆，你不要动，
如今我只问怎样抱得紧你……
你是那样的横蛮，那样美丽！

发 现

我来了，我喊一声，迸着血泪，
“这不是我的中华，不对，不对！”
我来了，因为我听见你叫我；
鞭着时间的罡风，擎一把火，
我来了，不知道是一场空喜。
我会见的是噩梦，哪里是你？
那是恐怖，是噩梦挂着悬崖，
那不是你，那不是我的心爱！
我追问青天，逼迫八面的风，
我问，（拳头擂着大地的赤胸，）
总问不出消息；我哭着叫你，
呕出一颗心来，——在我心里！

祈　祷

请告诉我谁是中国人，
启示我，如何把记忆抱紧；
请告诉我这民族的伟大，
轻轻的告诉我，不要喧哗！

请告诉我谁是中国人，
谁的心里有尧舜的心，
谁的血是荆轲聂政的血，
谁是神农黄帝的遗孽。

告诉我那智慧来得离奇，
说是河马献来的馈礼；
还告诉我这歌声的节奏，
原是九苞凤凰的传授。

谁告诉我戈壁的沉默，
和五岳的庄严？又告诉我
泰山的石溜还滴着忍耐，
大江黄河又流着和谐？

再告诉我，哪一滴清泪，
是孔子吊唁死麟的伤悲？
那狂笑也得告诉我才好，——
庄周，淳于髡，东方朔的笑。

谁告诉我谁是中国人，
启示我，如何把记忆抱紧；
请告诉我这民族的伟大，
轻轻的告诉我，不要喧哗！

一句话

有一句话说出就是祸，
有一句话能点得着火。
别看五千年没有说破，
你猜得透火山的缄默？
说不定是突然着了魔，
突然青天里一个霹雳
　　爆一声：
“咱们的中国！”

这话叫我今天怎么说？
我不信铁树开花也可，
那么有一句话你听着：
等火山忍不住了缄默，
不要发抖，伸舌头，顿脚，
等到青天里一个霹雳
　　爆一声：
“咱们的中国！”

荒 村

"……临淮关梁园镇间一百八十里之距离，已完全断绝人烟。汽车道两旁之村庄，所有居民，逃避一空。农民之家具木器，均以绳相连，沉于附近水塘稻田中，以避火焚。门窗俱无，中以棺材或石堵塞。一至夜间，则灯火全无。鸡犬豕等觅食野间，亦无人看守。而间有玫瑰芍药犹墙隅自开。新出稻秧，翠蔼宜人。草木无知，其斯之谓欤？"

——民国十六年五月十九日《新闻报》

他们都上那里去了？怎么
虾蟆蹲在甑上，水瓢里开白莲；
桌椅板凳在田里堰里漂着；
蜘蛛的绳桥从东屋往西屋牵？
门框里嵌棺材，窗棂里镶石块！
这景象是多么古怪多么惨！
镰刀让它锈着快锈成了泥，
抛着整个的鱼网在灰堆里烂。
天呀！这样的村庄都留不住他们！
玫瑰开不完，荷叶长成了伞；
秧针这样尖，湖水这样绿，
天这样青，鸟声像露珠样圆。
这秧是怎样绿的，花儿谁叫红的？
这泥里和着谁的血，谁的汗？
去得这样的坚决，这样的脱洒，
可有什么苦衷，许了什么心愿？
如今可有人告诉他们：这里
猪在大路上游，鸭往猪群里钻，
雄鸡踏翻了芍药，牛吃了菜……
告诉他们太阳落了，牛羊不下山，
一个个黑影在岗上等着，
四合的峦嶂龙蛇虎豹一般，
它们望一望，打了一个寒噤，
大家低下头来，再也不敢看；

（这也得告诉他们）它们想起往常
暮寒深了，白杨在风里颤，
那时只要站在山头嚷一句，
山路太险了，还有主人来搀：
然后笛声送它们踏进栏门里，
那稻草多么香，屋子多么暖！
它们想到这里，滚下了一滴热泪，
大家挤作一堆，脸偎着脸……
去！去告诉它们主人，告诉他们，
什么都告诉他们，什么也不要瞒！
叫他们回来！叫他们回来！
问他们怎么自己的牲口都不管？
他们不知道牲口是和小儿一样吗？
可怜的畜生它们多么没有胆！
喂！你报信的人也上哪里去了？
快去告诉他们——告诉王家老三，
告诉周大和他们兄弟八个，
告诉临淮关一带的庄稼汉，
还告诉那红脸的铁匠老李，
告诉独眼龙，告诉徐半仙，
告诉黄大娘和满村庄的妇女——
告诉他们这许多的事，一件一件。
叫他们回来，叫他们回来！
这景象是多么古怪多么惨！
天呀！这样的村庄留不住他们；
这样一个桃源，瞧不见人烟！

罪　过

头儿和担子摔一跤，
满地是白杏儿红樱桃。
老头儿爬起来直哆嗦，
“我知道我今日的罪过！”
“手破了，老头儿你瞧瞧。”
“唉！都给压碎了，好樱桃！”
“老头儿你别是病了吧？
你怎么直楞着不说话？”
“我知道我今日的罪过，
一早起我儿子直催我。
我儿子躺在床上发狠，
他骂我怎么还不出城。

“我知道今日个不早了，
没有想到一下子睡着了。
这叫我怎么办，怎么办？
回头一家人怎么吃饭？”
老头拾起来又掉了，
满地是白杏儿红樱桃。

天安门

好家伙！今日可吓坏了我！
两条腿到这会儿还哆嗦。
瞧着，瞧着，都要追上来了，
要不，我为什么要那么跑？
先生，让我喘口气，那东西，
你没有瞧见那黑漆漆的，
没脑袋的，蹶脚的，多可怕，
还摇晃着白旗儿说着话……
这年头真没法办，你问谁？
真是人都办不了，别说鬼。
还开会啦，还不老实点儿！
你瞧，都是谁家的小孩儿，
不才十来岁儿吗？干吗的！
脑袋瓜上不是使枪扎的？
先生，听说昨日又死了人，
管包死的又是傻学生们。
这年头儿也真有那怪事，
那学生们有的喝，有的吃，——
咱二叔头年死在杨柳青，
那是饿的没法儿去当兵，——
谁拿老命白白的送阎王！
咱一辈子没撒过谎，我想
刚灌上俩子儿油，一整勺，
怎么走着走着瞧不见道。
怨不得小秃子吓掉了魂，
劝人黑夜里别走天安门。
得！就算咱拉车的活倒霉，
赶明日北京满城都是鬼！

飞毛腿

我说飞毛腿那小子也真够别扭，
管包是拉了半天车得半天歇着，
一天少了说也得二三两白干儿，
醉醺醺的一死儿拉着人谈天儿。
他妈的谁能陪着那个小子混呢？
“天为啥是蓝的？”没事他该问你。
还吹他妈什么箫，你瞧那副神儿，
窝着件破棉袄，老婆的，也没准儿，
再瞧他擦着那车上的俩大灯吧，
擦着擦着问你曹操有多少人马。
成天儿车灯车把且擦且不完啦，
我说“飞毛腿你怎不擦擦脸啦？”
可是飞毛腿的车擦得真够亮的，
许是得擦到和他那心地一样的！
嗐！那天河里漂着飞毛腿的尸首，……
飞毛腿那老婆死得太不是时候。

洗衣歌

洗衣是美国华侨最普遍的职业，因此留学生常常被人问道：“你爸爸是洗衣裳的吗？”

（一件，两件，三件，）
洗衣要洗干净！
（四件，五件，六件，）
熨衣要熨得平！

我洗得净悲哀的湿手帕，
我洗得白罪恶的黑汗衣，
贪心的油腻和欲火的灰，……
你们家里一切的脏东西，
交给我洗，交给我洗。

铜是那样臭，血是那样腥，
脏了的东西你不能不洗，
洗过了的东西还是得脏，
你忍耐的人们理它不理？
替他们洗！替他们洗！

你说洗衣的买卖太下贱，
肯下贱的只有唐人不成？
你们的牧师他告诉我说：
耶稣的爸爸做木匠出身，
你信不信？你信不信？

胰子白水耍不出花头来，
洗衣裳原比不上造兵舰。
我也说这有什么大出息——
流一身血汗洗别人的汗？

　你们肯干？你们肯干？

年去年来一滴思乡的泪，
半夜三更一盏洗衣的灯……
下贱不下贱你们不要管，
看哪里不干净哪里不平，
　问支那人，问支那人。

我洗得净悲哀的湿手帕，
我洗得白罪恶的黑汗衣，
贪心的油腻和欲火的灰，
你们家里一切的脏东西，
　交给我——洗，交给我——洗。

（一件，两件，三件，）
洗衣要洗干净！
（四件，五件，六件，）
熨衣要熨得平！

闻一多先生的书桌

忽然一切的静物都讲话了，
　忽然间书桌是怨声腾沸：
墨盒呻吟道“我渴得要死！”
　字典喊雨水渍湿了他的背；

信笺忙叫道弯痛了他的腰；
　钢笔说烟灰闭塞了他的嘴，
毛笔讲火柴烧秃了他的须，
　铅笔抱怨牙刷压了他的腿；
香炉咕喽着“这些野蛮的书
　早晚定规要把你挤倒了！”
大钢表叹息快睡锈了骨头；
　“风来了！风来了！”稿纸都叫了；

笔洗说他分明是盛水的，
　怎么吃得惯臭辣的雪茄灰；
桌子怨一年洗不上两回澡，
　墨水壶说“我两天给你洗一回。”
“什么主人？谁是我们的主人？”
　一切的静物都同声骂道，
“生活若果是这般的狼狈，
　倒还不如没有生活的好！”

主人咬着烟斗咪咪的笑，
　“一切的众生应该各安其位。
我何曾有意的糟蹋你们，
　秩序不在我的能力之内。”

精彩点拨

《死水》中，诗人用“死水”形象地揭露出了旧中国的现实，表达了对旧时代厌恶和愤怒。

死水本应是肮脏的，可诗人却用“翡翠”“桃花”“罗绮”“云霞”“珍珠”等来描绘他。这是典型的用美来反衬丑，诗人这样写，使丑变得更为丑。诗人以“绝望的死水”彻底否认了黑暗的旧社会。“不如让给丑恶来开垦，看他造出个什么世界”这既包含着诗人对旧中国的绝望，也包含着对新中国的期望和向往，包含着诗人迫切希望改变现实的强烈愿望。

《也许》是诗人写给自己早夭的爱女的诗，行句之间透露着悲伤，“也许你真的是哭的太累，也许，你要睡一睡”诗人不愿接受女儿离去的事实，希望女儿只是睡着了“叫夜鹰不要咳嗽，蛙不要号，蝙蝠不要飞”他不希望有任何事物打扰女儿的美梦，但是一切最终还是要回到现实，“我把黄土轻轻盖着你，我叫纸钱缓缓的飞。”

阅读积累

《死水》

《死水》是现代诗人闻一多创作的一首诗歌。诗歌通过对“半封建半殖民地旧中国”多角度、多层面的谱写，揭露和讽刺了腐败不堪的旧社会，表达对当时统治环境的愤懑之情和深沉的爱国主义感情。这首诗每节押韵，读起来节奏分明，音韵铿锵；外形方正整齐，形成均衡美、对称美；注意挖掘语言的色彩感，构成美丑迥异、富有暗示性的画面。艺术特色《死水》讲究修辞，而且力求用词的丰富精美而不重复。例如以下短语所用的动词就绝不相同：“绿成翡翠”，“锈出几瓣桃花”，“织一层罗绮”，“蒸出些云霞”，“酵成一沟绿酒”，等等。写完了这些，它总结说：这死水据此“也就夸得上几分鲜明”。但这里的“鲜明”还只是从色彩和光泽上加以点染。接着，他表现死水的“声音”。这声音也很别致，有“笑声”——“小珠们笑声变成大珠”；还有“歌声”——“如果青蛙耐不住寂寞，又算死叫出了歌声。”这是多么可怕的死一般的沉寂。《死水》也是格律体新诗的代表作，它的体式极严。从外形看，每句九字，每节四句，排列起来非常齐整。从内存的韵律看，每句内部均由四顿构成，由于内在节奏的高度和谐一致，再加上严格的双行押韵，每节一韵的音响效果，使全诗的节调非常动听。